CADA UNO DE LOS TEXTOS RECUPERADOS TIENE SU PROPIA ESTRUCTURA Y EXTENSIÓN. NUNCA SABREMOS QUÉ ASPECTO TENÍAN LOS LIBROS COMPLETOS. ESTAS PÁGINAS SON TODO LO QUE QUEDA.

—LUKE

EL
LIBRO
DE LOS
Sith

PREFACIO

POR DARTH SIDIOUS

POR EL CONTEXTO, DEDUZCO QUE PALPATINE RECOPILÓ ESTE LIBRO POCO DESPUÉS DE PROCLAMARSE EMPERADOR, O ALREDEDOR DEL AÑO 19-18 ABY.   —LUKE

He logrado lo que ningún otro Sith había conseguido. He destruido a los Jedi y sometido Coruscant. Ocupo el trono de un nuevo régimen al que nadie podrá amenazar. Moldearé el gran Imperio Galáctico según mi voluntad.

Los Sith han soñado con este momento desde los albores de la Historia. Jamás lo habría conseguido sin haberme aprovechado de mis predecesores. Sacar partido de los errores de los demás es muy propio de los Sith.

He coleccionado objetos y datos relacionados con el lado oscuro desde que era un joven noble en Naboo, mucho antes de unirme a Darth Plagueis y comenzar mi aprendizaje. Coleccionistas, seguidores del culto y conservadores de museo codiciaban estos calcos de tablillas Sith y copias de pergaminos rúnicos intraducibles, y comerciaban con ellos en el mercado negro, sin importarles que la República hubiera prohibido las reliquias Sith.

EL SERVICIO DE INTELIGENCIA DE LA NUEVA REPÚBLICA QUIERE REVISAR ESTE LIBRO, Y HE ACCEDIDO COMO FAVOR A WEDGE Y A IELLA. HE NUMERADO LAS PÁGINAS PARA REFERENCIA DEL SINR.
            —LUKE

La mera existencia de este comercio ilegal confirma grandes verdades: los gobernantes siempre quieren controlar la información. Los poderosos harán cualquier cosa para acumular poder. Y si algo está prohibido, lo más probable es que valga la pena conocerlo.

Aprendí algo nuevo al hacer llegar estos objetos a mis aposentos en Naboo sorteando las fuerzas de seguridad: quienes manejan los hilos del poder se ocultan en las sombras. Los créditos lo compran todo, incluso conceptos intangibles como el acceso y el silencio. Es necesario mentir para conseguir cualquier cosa que tenga algún valor, y es casi imposible detectar a un embustero hábil.

La experiencia de adquirir estos textos me proporcionó conocimientos prácticos acerca de cómo los tesoros y los secretos cambian de manos, así como del papel que desempeñan quienes no son sensibles a la Fuerza en el gobierno y el funcionamiento de la galaxia, pero fueron los tratados sobre el lado oscuro los que me permitieron profundizar en el saber de los antiguos Sith. Me di cuenta de que poseía todas las herramientas necesarias para crear mi propio sistema de poder, uno que combinara los ideales Sith con la política contemporánea.

Bajo la tutela de Darth Plagueis heredé los Archivos Sith: más de mil años de enseñanzas transmitidas en secreto de maestro a aprendiz. Lo que aprendí fue que sólo un puñado de individuos ha hecho progresar de verdad la causa de los Sith. Por lo tanto, me propuse recopilar sus escritos más famosos, pero no las versiones revisadas de cronistas desinformados que vivieron cientos de años después, sino los pergaminos originales en los que plasmaron su sabiduría con sus propias manos. Con la caída del templo Jedi he podido al fin recuperar los últimos documentos, aunque sólo algunos fragmentos de cada uno han sobrevivido al paso de los siglos.

Juntas, estas páginas reúnen a uno de los primeros señores de los Sith con el que será el último. La voz de cada autor refleja la era en la que ostentó el poder, pero la Orden Sith ha evolucionado a lo largo de siete milenios. No cometeré los errores de mis predecesores. Sus triunfos no serán nada comparados con mi omnipotencia.

Cuando escribí estas palabras, albergaba la esperanza de que el alcance de mi poder en mi Imperio no tuviera límites. Sin embargo, todavía dependo de otros para que se ejecuten mis órdenes y, a menudo, son estúpidos, se acobardan y me decepcionan.

LAS NUEVAS VERDADES

Todo holocrón que he estudiado, así como todo nuevo culto del lado oscuro, se limita a reformular las enseñanzas de los Sith recopiladas en esos textos. Pero Sorzus Syn, Darth Malgus, Darth Bane, la Madre Talzin y Darth Plagueis creían en sus propios dogmas de un modo demasiado inflexible. Si se hubieran conocido y hubieran compartido sus creencias, se habrían dado cuenta de que tenían muy poco en común.

He encuadernado en un único volumen las páginas de las obras que he recuperado de estos grandes señores de los Sith. Son reliquias únicas e insustituibles; forman *El libro de los Sith*.

La crónica del nacimiento del Imperio Sith, de Sorzus Syn, es el texto más antiguo con miles de años de diferencia. Era una Jedi oscura que fue desterrada y condenada al exilio tras la derrota en la guerra contra los Jedi. Syn era una gran experta en alterar la vida mediante la alquimia Sith. Los Jedi ocultaron estas páginas en sus Archivos, pero las recuperé tras la purga de su templo. Desgraciadamente, no pude borrar los garabatos que dejaron en los márgenes los maestros Jedi Yoda y Mace Windu cuando el texto estaba en su poder.

Los fragmentos del diario que Darth Malgus escribió durante la Gran Guerra Galáctica, hace treinta y seis siglos,

LAS FRASES DEL DIARIO DE MALGUS SE DEDUCE QUE FUE ESCRITO HACIA EL FINAL DE LA
AN GUERRA GALÁCTICA, PROBABLEMENTE UNO O DOS AÑOS ANTES DEL SAQUEO DE
USCANT EN EL 3653 ABY. LOS COMENTARIOS DE MI PADRE PARECEN SER POSTERIORES
A SU TRANSFORMACIÓN EN EL
SIERVO DEL EMPERADOR.

—LUKE

son un ejemplo magnífico de cómo la ira puede mantener vivo a un guerrero herido. La guerra fue un éxito descomunal para el emperador Sith de la época, y Malgus era uno de sus mejores soldados. Adquirí estos textos hace muchas décadas de manos de un anticuario y se los pasé recientemente a Darth Vader para que le sirvieran como fuente de inspiración.

La Regla de Dos, de Darth Bane, fue la piedra angular de la Orden Sith durante siglos. La batalla de Ruusan, que tuvo lugar hace casi un milenio, habría sido el fin de la Orden Sith si Darth Bane no la hubiera reconstituido en una diarquía que operaba en las sombras. Sus escritos pasaron a formar parte de los Archivos Sith, que se transmitieron de maestro a aprendiz durante generaciones. En las Guerras Clon, mi servidor, el conde Dooku compartió el libro con el Jedi Quinlan Vos en un desafortunado intento para engatusarlo y corromperlo. El fracaso del conde Dooku carece ya de importancia, pues mis tropas clon lo rectificaron y eliminaron a Vos mientras ejecutaban la orden 66.

La mayoría de los textos que he recuperado fueron escritos por Sith, pero *Poder salvaje* de la Madre Talzin guarda relación con otro grupo del lado oscuro: las Hermanas de la Noche. Aunque Talzin se explaya en su equivocada reverencia a los espíritus de la naturaleza, admiro el pragmatismo sagaz que poseen sus ideas. Las integrantes

BANE SOBREVIVIÓ A LA BATALLA DE RUUSAN EN EL AÑO 1000 ABY. ES POSIBLE QUE ESCRIBIERA ESTO DIEZ AÑOS DESPUÉS, PERO ES UNA CONJETURA. NO SE SABE CUÁNTO TIEMPO VIVIÓ DARTH BANE.
—LUKE

AFORTUNADAMENTE, EL EMPERADOR NO ESTABA EN LO CIERTO. HE LEÍDO TESTIMONIOS DE QUE QUINLAN VOS SOBREVIVIÓ Y PERMANECIÓ OCULTO DURANTE LOS TIEMPOS OSCUROS.
—LUKE

LA CRONOLOGÍA DE LAS GUERRAS CLON ES CONFUSA. LOS ESCRITOS DE TALZIN Y LOS COMENTARIOS DE VENTRESS DATAN DE LA ÉPOCA DEL CONFLICTO, PERO NO PUEDO SER MÁS PRECISO.
—LUKE

del clan de las Hermanas de la Noche se convirtieron en mercaderes de los mejores mercenarios del lado oscuro de la galaxia durante las Guerras Clon. Asajj Ventress, Hermana de la Noche de nacimiento y servidora del conde Dooku hasta que le ordené lo contrario, añadió, al parecer, sus comentarios a la obra tras escabullirse a Dathomir para integrarse de nuevo en la tribu. Uno de mis inquisidores recuperó el libro durante una redada en el planeta para capturar esclavos sensibles a la Fuerza.

Mi maestro, Darth Plagueis, también anotó sus propias conclusiones acerca de lo que él consideraba que era la verdadera naturaleza del lado oscuro. Aunque tenía un ángulo muerto que resultó ser fatal, fue un revolucionario que supo ver la relación entre la biología y la Fuerza. Estas páginas aún llevan las anotaciones que hice tras apoderarme de la residencia de Darth Plagueis como maestro y hacerme con todo lo que era suyo.

Las historias de todos estos autores han terminado, pero mi reinado acaba de comenzar. Al unir las verdades fundamentales del lado oscuro halladas en estos textos, he recopilado: *El libro de la ira, La debilidad de los inferiores y La manipulación de la vida.*

Estas obras presentan los verdaderos conocimientos sobre el lado oscuro y simplifican las tareas necesarias para implantar una Orden Sith.

Exilio y llegada

No soy Sith. No llevo su sangre. Sin embargo, desde nuestra llegada a este pueblo de salvajes, nos hemos convertido en sus soberanos. Los que controlan la Fuerza siempre deben estar sedientos de poder. Hemos adoptado sus títulos, su vestimenta y sus tradiciones. Ya no somos Jedi desterrados del abrazo opresor de la República. Somos los Jen'jidai, señores de los Sith.

Llegamos aquí al finalizar la guerra de cien años que a punto estuvo de hacer caer la Orden Jedi. Los Jedi estaban tan seguros de su triunfo que no nos ejecutaron. A punta de espada láser nos hicieron embarcar en la nave que nos llevó al exilio, más allá de las fronteras de la República.

Éramos doce y había altos mandos entre nosotros: el alto general Ajunta Pall; la marquesa XoXaan, comandante de las Legiones Negras; el barón Dreypa, el único almirante que quedaba de nuestra flota; Karness Muur, cuyas tácticas militares basadas en la Fuerza nos habían salvado de una trampa en Fluwhaka, y yo, Sorzus Syn, creadora de armas vivientes y plagas biológicas. Otros Jedi oscuros menos distinguidos eran prominentes únicamente porque no habían perecido en combate.

La encarnizada guerra se había prolongado durante un siglo entre el Consejo Jedi, con su ortodoxia petrificada, y los que deseaban derrocarla. Como últimos supervivientes de quienes buscaron un nuevo camino hacia el poder, fuimos finalmente víctimas de los excesos militares de los Jedi en la Derrota de Corbos.

Nuestro castigo por alta traición fue el destierro al espacio no explorado, aunque nuestro viaje a lo desconocido no carecía de rumbo. Durante años reuní información de refugiados y catalogué rumores, en busca de pruebas de la existencia del Reino de los Sith (Sith de Pura Sangre). Mis creencias se vieron confirmadas. Ante nosotros se halla una cantidad ilimitada de guerreros inconmovibles y una gran riqueza de conocimiento desaprovechado sobre el lado oscuro de la Fuerza.

XoXaan, yo misma, Ajunta Pall y Dreypa; no fue el aterrizaje sino nuestro triunfo sobre los Sith de Pura Sangre lo que marcó nuestra llegada.

El primer Gran Cisma

Gobernamos a los Sith. Construiremos una soberanía del lado oscuro para superar milenios de injusticia. Soy la gobernante legítima, pues sólo yo siento curiosidad por traducir sus secretos y aplicarlos a mayores patrones de conquista. Vislumbro lo que será el magnífico Imperio Sith.

Aunque Corbos fue la última batalla de La Oscuridad de los Cien Años, el conflicto comenzó con el último Gran Cisma. Los historiadores no se ponen de acuerdo sobre cuántas secesiones de carácter similar se han producido en las filas Jedi. Me da igual el número exacto, pero con cada una de ellas se debilitaba el dominio absoluto que el Consejo Jedi ejercía sobre la Fuerza.

La Oscuridad de los Cien Años fue una sublevación espectacular, aunque predecible, contra la complacencia Jedi. La Orden Jedi no ha evolucionado en casi veinte mil años. Tras su fundación en Tython, los miembros más curiosos de la Orden Jedi no tardaron en percatarse de las carencias de sus maestros, y así comenzó el primer Gran Cisma.

Carga de las Legiones Negras en la Batalla de Corbos.

No todos los que abandonaron la Orden combatieron contra ella. A los maestros Jedi que dimitieron por razones filosóficas se les veneró contra toda lógica y en los archivos del templo se los conmemora con grandes bustos de bronce que rezan «Los Perdidos».

El lado oscuro no es más poderoso. Brilla
con fuerza, pero se extingue con rapidez.

Mace

En aquellos días, un Kashi Mer llamado Xendor y ajeno a la Orden
inspiró a varios Jedi a cuestionar el lado luminoso, o Ashla. Descubrieron los usos del lado oscuro, o Bogan, y rompieron los grilletes con los
que sus maestros Jedi habían encadenado a la Fuerza. Los seguidores de
Xendor, aquellos que eran creyentes pero carecían de su poder, se convirtieron en sus acólitos, las Legiones de Lettow.

Por supuesto, los Jedi lucharon, y lo hicieron de un modo desesperado,
contra un futuro en el que no tendrían seguidores. La Historia dice que
Xendor y sus legiones perecieron en la batalla de Columus.

Sin embargo, ésa no fue la tragedia del primer Gran Cisma. La tragedia fue que los Jedi no aprendieron nada. Podrían haberse unido al lado
oscuro y haberse convertido en el gran eje central del poder del Imperio que las Legiones de Lettow querían construir. Pero no. Volvieron a
sus costumbres anticuadas y alienaron a sus miembros más dotados. Nosotros, los exiliados, somos los herederos de la osada herejía de Xendor.

¿Que con
el lado
oscuro nos
avengamos?
La derrota
sería. Alerta
el Jedi debe
permanecer.

—Yoda

Xendor y las Legiones de Lettow desafían a los Jedi en Columus.

La Oscuridad de los Cien Años

La guerra en la que luchamos, y en la que cayeron tantos de nuestros seguidores, podía haberse evitado. Fueron los Jedi quienes recurrieron a las armas para impedir que reveláramos la verdad sobre la Fuerza. Llevaban eones chapoteando en la superficie. Nosotros nos aventuramos con valentía en la vasta extensión de la Fuerza y obtuvimos poderes superiores a los de cualquier Jedi que jamás haya existido. La vida estaba a nuestro servicio.

Yo creé los leviatanes que destrozaron las barricadas Jedi en Balmorra. Les doté de la capacidad de tragar espíritus y de almacenar esa energía vital en ampollas en la piel. Los leviatanes, mis monstruos exquisitos, fueron la culminación de los temblores, los aulladores, los engendros abisales y todos los demás horrores a los que di forma y propósito... para servir a mis objetivos.

Los Jedi rehuyeron de este poder del mismo modo en que rehusaron cualquier mejora. Ellos causaron el cisma entre los suyos. La historia se repetirá una y otra vez hasta que aniquilemos a la antigua Orden.

La perversión Sith de los seres vivos no respeta la esencia de la Fuerza. La vida la crea, nos permite conectar con su potencial. Obedecemos su voluntad, no a la inversa. Somos parte del organismo, no sus creadores. Al fin y al cabo, nosotros también somos seres vivos.

Mace

Insoportable resulta el ver a una criatura modificada de este modo. Poner fin a su vida a veces un acto de piedad es. —Yoda

Krespuckle el Hambriento, mi leviatán favorito.

El orgulloso pueblo Sith

Guié nuestra nave por el dique hiperespacial conocido como Caldera Estigia, que no habríamos podido superar sin el dominio de la Fuerza. Es por este motivo que los navegantes no han encontrado rutas hacia el Espacio Sith, sólo saltos a ciegas. Aquellos que, como yo, son fuertes en el lado oscuro, pueden sentir el camino, igual que un Devlikk siente el norte magnético.

Aterrizamos en Korriban: el planeta que grita con más fuerza para quienes pueden escuchar la voz del lado oscuro. Es en Korriban donde nacen los Sith de Pura Sangre y es aquí donde suelen venir a morir. Salimos del hedor de nuestra constreñida prisión a la luz de un sol desconocido, rodeados de grandiosas tumbas esculpidas en la piedra del planeta. La arena estaba cubierta por los huesos de un millar de reyes.

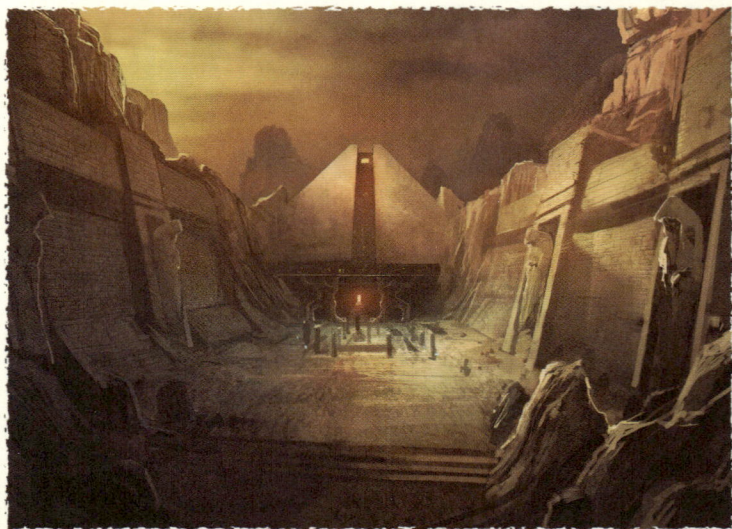

El Valle de los Reyes Durmientes, Korriban.

Korriban ha perdido potencia en los últimos 7.000 años, pero todavía susurra secretos oscuros.

Los Sith nos dieron la bienvenida. No fuimos recibidos como dioses a pesar de que era obvia la superioridad de nuestro poder. Tardamos semanas en entender la estructura jerárquica de su cultura, socavarla y matar al rey. Ajunta Pall decapitó al monarca, Hakagram Graush, y reclamó el trono como heredero del ancestral rey Adas. Nosotros nos convertimos en sus Manos Oscuras.

Adjunta Pall decapita a Hakagram Graush.

A partir de ese momento, mi objetivo fue entender a los Sith, el Espacio Sith y los tesoros que quizá nos aguardaran en aquel reino. La experiencia del almirante Dreypa al fin demostró ser de utilidad, pues entre los dos trazamos el mapa de las rutas hiperespaciales locales. ¡Si hubiera mostrado la misma competencia en la defensa de Corbos!

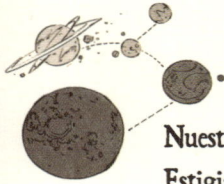

Nuestro trabajo identificó las rutas hiperespaciales en bucle de la Caldera Estigia en las que se hallan los planetas del Imperio Sith. La ruta Nache Bhelfia une Ziost, Khar Delba, Rhelg, Krayiss y Korriban: los cinco mundos más sagrados para los Sith.

Ziost ha sido la capital de los Sith de Pura Sangre desde la Prehistoria y fue allí donde erigimos nuestros palacios para gobernar como señores de los Sith. Los Sith respetan el poder y nos sirven con agrado.

¿Es posible que el Sith al que Obi-Wan derrotó en Naboo procediera de aquí? Enviad un caballero a investigarlo. ¿Quinlan Vos?

Mace

La ciudadela de Ajunta Pall en Ziost cobra forma sobre el palacio del monarca anterior.

De hecho, los Sith de Pura Sangre son una maravilla. Los mueve la ira, la ambición y el lado oscuro. Aunque tienen forma humanoide, su complexión recia muestra tonalidades que van del carmesí al negro volcánico, y tienen garras por manos y pies. Dos protuberancias carnosas les cuelgan de las mejillas o de los maxilares, y otras dos, de las sienes.

Un *Sith de Pura Sangre*.

Tras mucha experimentación, he llegado a la conclusión de que su sangre se parece lo suficiente a la nuestra <u>como para permitir el cruce alquímico.</u> Sé que Dreypa le ha echado el ojo a una sacerdotisa Sith. Le gustará saber que su linaje no sólo pervivirá sino que prosperará.

Los Sith de Pura Sangre son muy sensibles a la Fuerza, pero no nos superan. Están anclados en el primitivismo, mientras que nosotros somos los mejores Jedi de la República. Han descubierto muchos secretos, algunos desconocidos para los demás seres de la galaxia, pero su férrea estructura de castas inculca la obediencia y el sentido del deber, lo que a nosotros, sus amos y señores, nos viene muy bien.

Interesante. No sabemos si se debe a un cataclismo o al cruce que aquí se menciona, pero no queda ni rastro de la especie Sith.

Mace

El nuevo Consejo Sith lo componemos quienes llegamos a este mundo con un alto rango y mucha ambición. Ajunta Pall es nuestro lord oscuro, o Jen'ari. Si la Fuerza gusta, su reinado será corto.

Nuestros siervos son los sacerdotes Sith, los Kissai, que nos adoran como a semidioses. Creen que Ajunta Pall es la encarnación de Typhojem, el Dios Zurdo, y es fácil persuadirles para que hagan nuestra voluntad.

Los ingenieros, los Zuguruk, son leales pero construyen demasiados túmulos y pocos acorazados. Debo convencer a Pall de la necesidad de reconducir a los obreros; de lo contrario habrá que arrebatarle el título a la fuerza.

Los Massassi, o guerreros Sith, son nuestra mejor arma. No son más que fuerza bruta consciente. Son reemplazables, pero debemos criar más si queremos lanzar un contraataque a la República, que nos ha humillado y rechazado.

Los esclavos, una chusma de múltiples especies, reciben el nombre despectivo de Grotthu. Tras haber sufrido el artificio de la abolición de la esclavitud en la República, da gusto ver cómo se premia la debilidad de los inferiores y se explota para obtener beneficios.

El lado oscuro consigue enturbiarlo todo. Descubrir la verdad debemos

—Yoda

El sistema de castas Sith bajo nuestro dominio. Imponemos nuestra voluntad a los sacerdotes Kissai, los ingenieros Zuguruk y los guerreros Massassi. Los esclavos, o Grotthu, sirven a todos.

Jedi oscuro

Kissai

Zuguruk

Massassi

Grotthu

Armas Sith

Quizá sean primitivos, pero los Sith de Pura Sangre merecen nuestro respeto, no sólo por su destreza con el lado oscuro sino también por su sed de guerra. La casta Zuguruk ha construido máquinas de asedio e incluso ha desarrollado tecnología capaz de arrancarle el corazón a una estrella. Sin embargo, casi todos los combates entre los Sith se producen cuando los contendientes se miran fijamente antes de intercambiar golpes. Sus armas son admirables por su hechura y por ser letales.

Espada Sith: Nosotros, los exiliados, libramos la guerra de los Cien Años de Oscuridad blandiendo sables de luz mientras los Sith desarrollaban armas blancas forjadas y reforzadas con la Fuerza; muy similares a las espadas de los primeros Jedi en Tython. Estas espadas pesan mucho y hacen falta dos manos para empuñarlas, excepto para los Massassi, de mayor envergadura, que pueden manejarlas con una sola mano. Las espadas pueden desviar los rayos de plasma y resistir la energía de un sable de luz. Son un reservorio de poder del lado oscuro.

La armería del Templo guarda estos objetos en su Bóveda Negra, donde deposité la espada ancha Tzuhakk tras recuperarla en Bpfassh.
Mace

Espada de combate Sith: Es una lanza de doble hoja que requiere de una gran destreza, por lo que es poco frecuente verla en soldados de a pie. Ajunta Pall torturó a Hakagram Graush con la espada del propio Graush antes de ejecutarlo. La he guardado porque tengo intención de utilizar la sangre seca de la hoja en mi alquimia.

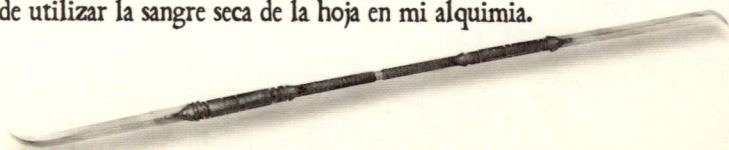

Suria y de poca precisión. El lanvarok es un arma de terror indiscriminado.

Lanvarok:

Es el arma de combate de los Massassi. Con un movimiento del brazo, lanza una lluvia de discos cortantes. Los soldados acorazados de Domoru Krev llevan brazaletes Lanvarok en el brazo izquierdo.

Parang:

Es una hoja curva que tras lanzarla vuelve a su amo, a menos que se haya quedado clavada en la cabeza de un enemigo. Recuerda a las armas que portaban en la antigüedad los Macheteros Reales de Kashi Mer. No me cabe duda de que la podemos mejorar.

Shikkar:

La daga de los asesinos. Puede ser tan larga como el antebrazo, pero es fácil de esconder bajo la ropa. Tras apuñalar a la víctima, basta un giro de la empuñadura para romper la hoja de cristal y dejar que infecte su interior.

Veneno Sith:

Los Envenenadores de Malkii palidecerían de envidia al ver el dominio que tienen los Sith de este arte tan sutil. En batalla, los Sith bañan las armas blancas y los dardos en veneno. También son famosos por envenenar las copas de sus rivales. El veneno puede causar dolor, parálisis, la muerte o un frenesí sangriento. Con cada generación es necesario modificar el veneno para compensar la mejora inmunitaria de la especie.

El terminar un combate sin matar, mucha habilidad requiere. Los Sith esto no entienden, como estas armas demuestran.

—Yoda

Amuletos Sith

Estas armas cuerpo a cuerpo de los Sith las llevan los brutos de los Massassi, pero sus amuletos requieren más habilidad. Muchos de los sacerdotes Kissai llevan estos adornos al cuello para fortalecer sus lazos con el lado oscuro de la Fuerza.

Los amuletos menores pueden crear escudos protectores, suturar heridas, mejorar la concentración en combate y dar energía a los músculos debilitados. Sin embargo, los amuletos mayores tienen un valor incalculable y son a menudo únicos. Los portadores deben superar primero la canción seductora del amuleto, pues de no ser capaces, se perderían para siempre en la locura del lado oscuro. Me he hecho con muchos de ellos para mí, pero me inquieta saber que muchos más yacen confinados en las tumbas de Korriban.

La destrucción de un amuleto libera una ola de energía que mata toda forma de vida en un radio de diez metros.

De los amuletos que he encontrado, éstos son los más poderosos:

Abattar Sith: De no haber sido por esta reliquia, no habría logrado dominar la lengua Sith con tanta facilidad. El abattar traduce cualquier lengua, sea hablada o escrita, y pone al portador en sintonía con el enloquecedor parloteo de los fantasmas.

Yugo de la Apariencia: Esta pieza dorada quema la piel, pero mediante una ilusión hace que quien la porta adopte la apariencia de cualquier persona o cosa. Tenía intención de estudiar este tesoro antes de que XoXaan porfiadamente se hiciera con él.

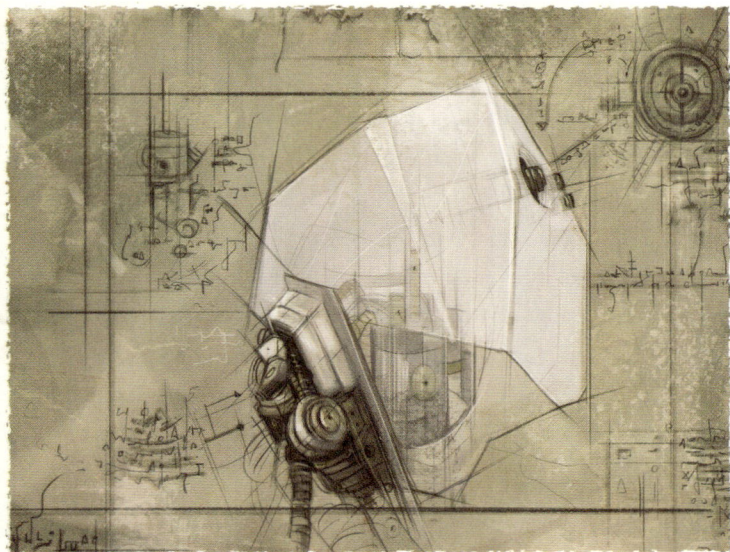

Mi estudio del Corazón de Graush.

Corazón de Graush:
El difunto rey Dathka Graush reemplazó su corazón con este rubí del tamaño de un puño que contenía las almas de sus enemigos. Acompañado del Yelmo de Graush, aquel que los esgrime puede controlar las fuerzas de la naturaleza.

Esfera de Meditación:
Esta nave estelar Sith no es un amuleto que uno se pueda poner o coger con la mano. Es un amuleto que contiene a su posesor. Las geometrías arcanas de la cabina de la nave pueden amplificar por mil los hechizos del tripulante en todas las direcciones.

Los Sith se centran en coleccionar tesoros y descuidan el estudio de la Fuerza. Es otra forma más en la que han perdido la visión general.

Mace

Talismán Muur: Karness Muur me encargó que lo creara, pero será mi triunfo. Mi experimentación con el Corazón de Graush y mi dominio de la alquimia para la creación de engendros Sith culminará con la creación del gran amuleto que lucirá uno de los señores de los Sith. Su poder transformará a los débiles de mente en Rakghouls estruendosos, cuyas acciones son el resultado de los deseos de quien lo lleva. También conservará el espíritu de quien lo lleva consigo en caso de que entre en combate. Aunque Karness lo recibirá el primero, haré más de un amuleto. El segundo irá a parar a Dreypa; así esos dos necios podrán guerrear el uno contra el otro sin cesar. El tercero será mucho más fuerte que los otros y será sólo mío.

El mecanismo interno del Talismán Muur.

Las casas del poder

Lo experimenté en Yavin 4. El templo del cúmulo Blueleaf construido por los Massassi contiene un remolino de extraño poder Sith.
—LUKE

Los Sith de Pura Sangre tienen un don natural para el lado oscuro. Debo hacer énfasis en esto, pues es este rasgo el que nos hará mucho más fuertes en el exilio de lo que jamás lo fuimos en nuestras anteriores filas. He buscado siempre con avidez rumores sobre mundos esotéricos y sus recompensas vivas, y nunca he oído hablar de una especie como ésa.

Algunos fanáticos religiosos comprenden los principios del diseño. Los he reclutado para servidumbre en Byss.

Los Sith han tenido mil generaciones para perfeccionar las artes oscuras. Los zigurats de piedra apilada y las laderas talladas en rostros severos son más que simples tumbas de reyes desaparecidos. Cuando estás de pie en la intersección de esta arquitectura mística, sientes una ráfaga de viento y un escalofrío de electricidad. Los ángulos de estos mausoleos concentran las energías arcanas de la Fuerza.

En Korriban, planeta en el que no hay más que tumbas, hasta el polvo parece generar energía de la Fuerza. El valle de Golg está cubierto de monumentos erigidos mucho antes de que los Zhell marcharan por Coruscant. Poco después de reubicarnos en Ziost, volví a Korriban con un pequeño grupo de sacerdotes y un vasto séquito de esclavos para romper el sello de las tumbas. Podía sentir que estaban en su punto para el saqueo.

Se cree que los Zhell, que derrotaron a los Taung en la lucha por el control de Coruscant mucho antes del nacimiento de la República, son los predecesores de la humanidad. Todo lo trascendente es fruto de la conquista.

Al entrar en nuestro primer objetivo, el Claustro del Tormento Bilioso, noté que los pasadizos estaban erizados con cerbatanas y cubiertos de columnas que caían con la más ligera de las pisadas. Perdí una veintena

27

de esclavos, pero sus cuerpos apenas desentonarán. Sellados dentro de las tumbas, junto con sus señores muertos, estaban las momias de sus siervos momificadas por el desierto. Una vez dejamos atrás los pasadizos exteriores, el sanctasanctórum contenía el sarcófago del gran gobernante, situado en el centro de un locus de poder.

Las gárgolas de la antecámara del Sakkra-Kla cobran vida en presencia de intrusos.

Holocrones Sith

Al término de nuestro séptimo día, casi sin esclavos ya, entramos en el sagrario de Sakkra-Kla. Parece que esta tumba sagrada yace inalterada desde que la sellaron hace más de diez mil años. Rebosaba maravillas.

Aquí encontré pergaminos en los que se detallaba la alquimia Sith. Encontré el cuerpo conservado de un terentatek. Perdí seis esclavos más en las fauces de un manada de voraces tuk'ata. Y lo más impresionante de todo es que encontré el holocrón del rey Nakgru.

Sí, los holocrones existen en el Espacio Sith. La tecnología del holocrón Sith es idéntica a la de los holocrones Jedi de la República, pero cuentan con mejoras del lado oscuro que en última instancia los hacen superiores.

Pergaminos alquímicos protegidos por una maldición de locura.

Los eruditos saben que un holocrón es una caja de redes cristalinas capaces de almacenar una cantidad casi infinita de datos de incalculable valor. Estas matrices sólo se pueden alinear mediante la aplicación precisa y exhaustiva de la Fuerza. Un holocrón terminado sólo permite el acceso a aquellos sensibles a la Fuerza. Para navegar por los secretos de un holocrón, hay que hablar con su guardián: un eco holográfico del creador del holocrón que contiene una parte del espíritu de dicho creador. Construir un holocrón puede llevar meses, y un solo movimiento en falso lo convierte en polvo.

Los Jedi también saben todo esto. Creo que los Sith de Pura Sangre construyeron su primer holocrón tras apropiarse del secreto de los conquistadores alienígenas milenarios, los Rakata. Así, es posible que los Jedi se limitaran a copiar a los Rakata, mientras que los holocrones Sith son inconfundibles y enrevesados. Son piramidales, no cúbicos, para imitar los ángulos de poder que se encuentran no sólo en las tumbas Sith, sino también en la cultura Sith. En su exterior llevan grabados jeroglíficos y figuras estilizadas que forman un sello que lanza una maldición a los indignos que intentan acceder a ellos.

Los Jedi han recuperado muchos holocrones Sith, entre ellos el que construyó Sorzus Syn hacia el ocaso de su vida.
Mace

Es fácil engañar a los Jedi. El holocrón de Syn está en poder de los Sith desde los tiempos de Bane; el que hay en el Archivo del Templo era un dispositivo espía camuflado con un conjuro de velo.

El cristal central es del color del humo y es tanto una fuente de poder como un repositorio para el espíritu del guardián de los datos. Este ápice debe llevar grabado el espíritu del creador en un ritual de la Fuerza llamado el Rito de Comienzo. La destrucción de la albardilla libera el espíritu del guardián, en cuyo caso lo más sensato es huir, pues nadie desea enfrentarse a un espectro sediento de venganza.

Estructura básica de un holocrón Sith.

El reinado del Hacha

En el holocrón Nakgru descubrí la historia de los Sith de Pura Sangre con vívidos detalles imposibles de encontrar en las narraciones orales o en los frágiles pergaminos. Aprendí que este pueblo belicoso es la prueba viviente de que esos Jedi engreídos que nos desterraron están equivocados acerca del lado oscuro.

Los Sith matan, se enfurecen y odian, y aun así su sociedad no se fragmenta, sino que prospera. Más de tres milenios antes de la fundación de la República nació un Sith prodigioso: se llamaba Adas. Vestía una armadura de color negro ébano y llevaba un hacha de guerra en cada mano, cuando la mayoría necesita las dos manos para blandir una sola. Cuando Adas rugía, los Sith corrían a su lado o huían despavoridos. Esclavizaba a los necios y ejecutaba a los idealistas. Cuando un guerrero le desafiaba, se bebía su sangre para honrar su muerte. Asumió el control, unió a los Sith, sumidos en reyertas insignificantes, y se convirtió en su soberano: el rey Adas.

El reinado del Hacha duró tres centurias, en las que Adas mantuvo su energía vital mediante el lado oscuro. Lo adoraron por ser el Sith'ari, o dios de los Sith. Sólo cuando llegaron los conquistadores Rakata terminó su vida. E incluso muerto, logró la victoria final para los Sith al expulsar a los Rakata.

Este sistema sólo resulta atractivo para los monarcas. Quienes están por debajo malgastan sus dones como esclavos, o persiguen el obtuso objeto de convertirse ellos mismos en reyes. La creatividad y la diligencia florecen en un sistema libre y abierto como el de la República Galáctica, y es inevitable que estas cualidades triunfen sobre la monomanía de un dictador.

Mace

La tecnología que trajeron consigo los Rakata permitió a los Sith expandir su influencia y conquistar los planetas que forman el puño oscuro del Espacio Sith. Desde entonces se ha seguido el ejemplo de Adas. Es un principio sencillo: un soberano fuerte da poder al Imperio.

Un Gran Maestro incluso los Jedi tienen, pero voz todos los miembros poseen.

—Yoda

El rey Adas.

Conquistas de los Sith

Por lo que revela el holocrón, los sucesores del rey Hadas usaron su poder para conquistar mundos más allá de Korriban y Ziost. El Espacio Sith es remoto, pero apenas impenetrable. Sin embargo, la República no tiene conocimiento de este reino de la magia oscura. Los Sith han dejado cicatrices que cualquiera puede leer; cualquiera que no crea en la mentira de la fortaleza a través de la tolerancia.

Encuentros con los Anzati y los Rakata en tiempos del rey Adas demostraron a los Sith que no eran los únicos en las estrellas a los que la Fuerza había dado vida. Esto ofendió su orgullo e inflamó su ira. Dieron rienda suelta a los Massassi en los mundos vecinos para que extinguieran toda forma de vida y expandieran el Imperio Sith. ¿Acaso esos seres lamentaban su pacifismo? ¿Se arrepintieron amargamente de las democracias y los constructos sociales que no ofrecían protección alguna cuando los invasores prendieron fuego a sus hogares? Los muertos no hablan.

Por lo visto, los Sith no llegaron al sistema de Yavin hasta siglos después de que se escribiera esto. —LUKE

La acometida de los Massassi.

34

Los Sith llegaron a otros mundos, como los que estaban más allá de la Caldera Estigia. Tund se convirtió en una prisión para herejes. Arorua albergaba monstruos nacidos de la brujería Sith, y los mundos de Malachor y Thule fueron fortificados para repeler el contraataque de cualquier enemigo. Serán las bases perfectas desde las que poner en marcha nuestra reconquista de la República.

Desde que adquirí estos conocimientos, he registrado estos mundos conquistados por los Sith para recopilar información. Nuestras incursiones han demostrado una cosa: los líderes de la República hacen la vista gorda. El instante en que vi a un draetho con grilletes en las trincheras me animó a hurgar más en la colección de mapas estelares roídos por las alimañas. Confirmé que, en efecto, los Sith habían atacado el mundo republicano de Draethos, aunque las fechas siguen sin estar claras. También arrasaron Quermia y Felucia, y otros mundos como Gand y Florn, conocidos entre los exploradores y los contrabandistas.

Estaba rodeada de pruebas. Los cenicientos soldados que trabajaban alimentando la forja no me habían llamado nunca la atención, pero ahí estaba. Un Herglic de anchas espaldas le daba al fuelle en Ziost. Un renqueante Mrlssi cargaba piedras, casi irreconocible bajo las plumas aplastadas por el hollín, en Nfolgai. Un humano en Dromund Kaas, tan esquelético que habría sido fácil confundirlo con una raza exótica. Eran seres familiares que me podría haber encontrado en cualquier mercado de Coruscant, y todos me miraron en señal de reconocimiento mutuo. La intensidad de sus suplicantes lamentos cesó cuando regresé a mi palacio y eché el cerrojo a la puerta.

Nuestros historiadores creen que muchos de estos refugiados de distintas especies habían huido de los disturbios en el sector Tapani, un suceso común en aquella era.

Mace

Bestias de guerra

El holocrón reveló mucho sobre la creación de bestias de guerra, pero los criaderos de Ziost proporcionaron una instrucción mucho más inmediata. ¡Qué alegría haber ido a parar con otros modificadores de vida como yo! Entre los Kissai se encuentran los Ninûshwodzakut, título que se traduce como «Tejedores de entrañas». Mediante la alquimia y la reproducción manipulada han traído al mundo muchas criaturas hambrientas que trabajan y matan para los Sith.

Los silooth mutan a partir de los escarabajos. Hace mucho, los Sith los esparcieron por el mundo de Kalsunor. El chasqueo de sus mandíbulas se convirtió en un horrendo repique de tambores. Estos carroñeros, del tamaño de un tanque, todavía se encuentran en el planeta, derritiendo las ruinas de las ciudades bajo chorros de ácido. Los Sith conservan reservas de gusanos para otras campañas.

Silooth

Durante la misma guerra que trajo al mundo al silooth, los Sith emplearon el ave de guerra y el behemot de guerra. Incluso hoy son la base de la infantería Massassi; las aves de guerra se emplean como aves de asalto montadas que pueden transportar a un jinete en combate y despedazar soldados enemigos con el pico. Los gigantescos behemots se usan de una forma un poco distinta: como transporte de tropas o como plataformas andantes de armamento.

Ave de guerra

Las bestias guardián llamadas tuk'ata hacen guardia junto a las tumbas y las protegen de la profanación. Hace mucho que son los reales compañeros de los reyes Sith. Poseen gran inteligencia táctica y pueden vivir siglos sin probar bocado. Yo habría muerto en la Tumba de Din Grrut de no haber alimentado al tuk'ata con un esclavo Sith.

Behemot de guerra

Todavía por Korriban merodean. Perdí mi montura rybuck de patrulla allí y otra no he elegido. La tristeza mi corazón llena.
—Yoda

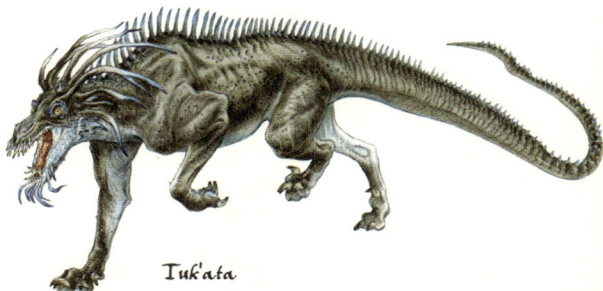

Tuk'ata

37

Hssiss

Terentatek

Los dragones del lado oscuro, conocidos como hssiss, se alimentan de ira y producen una toxina que puede infectar a la víctima con frenesí sangriento con un solo mordisco. Sus crías recién salidas del huevo son exquisitas. Rompen el cascarón sólo después de que un grupo de seguidores del lado oscuro sea asesinado en su presencia.

Entre las creaciones más recientes de los Kissai está el terentatek. ¡Qué maravilla de la gula en estado puro! Los terentatek se alimentan de sangre con alto contenido de Fuerza, por lo que cazan exclusivamente Sith de Pura Sangre. Los Sith los emplean contra sus enemigos, pero temen la inevitable represalia.

LAS HIDRAS DE BATALLA, O ALGO PARECIDO,
SE HAN ASENTADO EN EL ECOSISTEMA DE
YAVIN 4. TUVE QUE CONVENCER A JACEN
DE QUE NO ADOPTARA UNA DE MASCOTA.
—LUKE

Hidra de batalla

Un curioso reptil bicéfalo nació recientemente de las entrañas de mil aves sacrificiales. Como arma, cuenta con veneno en la punta de la cola. La he clasificado como una hidra de batalla, pero todavía he de ponerle nombre a la criatura. Mis esclavos están construyendo una pajarera para mis tres especímenes.

Algunas bestias están hechas para demoler fortificaciones enemigas, como mis leviatanes y las crisálidas. Las bestias Sith son la naturaleza llevada a la perfección. No sé qué animal produjo la primera remesa, pero las crisálidas que tenemos en la dehesa subcero son todo dientes y garras, moles de tendón y músculos. Otro de los puntos fuertes de los Sith son las wyrm de guerra. Reconozco a estas criaturas de Florn por la forma de su arma de asedio. Ha aumentado tanto de tamaño que podría enroscarse hasta la punta del chapitel más alto de Coruscant. Estoy deseando probar una contra los baluartes del templo Jedi.

Crisálida
Veergundark

Tienen un potencial ilimitado. Libres de la vaina de gestación, mis crisálidas pueden hacer pedazos a cualquier enemigo mecanizado.

Wyrm de guerra

39

La alquimia Sith

Ninguna de estas criaturas sur- ge de la naturaleza. Se las cría por sus formas extremas. No obs- tante, la crianza tiene sus limi- taciones. Se necesitan generacio- nes, mientras que la alquimia es inmediata y para siempre. Me- diante la alquimia, uno utiliza la Fuerza para efectuar cambios en lo físico.

Yo era la más poderosa de las hechiceras que lucharon en los Cien Años de Oscuridad. Mi inspiración venía a mí en murmurios y sueños, y sólo ahora, en el minarete de Ziost, me doy cuenta de que siempre fue la llamada de los Sith. Los alquimistas Sith han tenido siglos para perfeccionar su arte y ahora su conocimiento es mío.

Una espada Sith se mejora sumergiéndola en un baño de «sangre derramada por la ira». Si se afila con riolita de Svolten, nunca se desafilará.

La alquimia Sith se aplica tanto a los vivos como a los no vivos. Cada uno de ellos es un campo de estudio, aunque el segundo es más adecua- do para nuevos aprendices.

La alquimia en los no vivos es mucho más simple porque no hay células vivas que ofrezcan resistencia. Esta ciencia se emplea para crear amuletos y mejorar las armas. Cualquier objeto tratado con ciencia alquímica se hace sensible a la Fuerza y siempre retendrá una huella que es un reflejo de su creador.

La alquimia en los vivos sólo es apta para maestros. La energía de la Fuerza del sujeto luchará contra ti mientras manipulas y das forma al huésped. Si remodelas su forma una y otra vez, conseguirás un leviatán.

Los engendros sith se crían desde cepas, humanas o yuvernianas. Si se les deja a su aire, se reproducirán y, a lo largo de las generaciones, pueden transformar un mundo.

El Consejo rechaza toda investigación sobre la alquimia, sin excepciones. El acto es una afrenta contra la Fuerza viva.

Mace

Todavía quedan leviatanes en Corbos. El Gremio de mineros del sector Sertar iba a avisarme si descubrían otro durmiente.

—LUKE

Los conjuros Sith

Aunque la alquimia es mi ciencia, he descubierto que los Sith de Pura Sangre poseen un nuevo conocimiento de cómo manipular el lado oscuro. He buscado los secretos de cómo realizar un conjuro en mi holocrón robado, pero su guardián se mostró receloso. Amplié mi red de búsqueda y encontré unos pergaminos sumergidos en la sangre acuosa del Altar Mestizo. Estaban ocultos detrás de un mural del rey Adas, en la Pira Eterna, sepultados junto al cuerpo sin cabeza de Wyrmuk *el Imperecedero*. El leer uno de estos pergaminos siempre libera una maldición. Me he dado cuenta de que cuanto más tiempo he de repeler el terror, la ceguera o la licuefacción, más valiosa es la información que contiene el pergamino.

No basta simplemente con emplear los poderes de la Fuerza, como enseñan los Jedi. El ritual confiere poder añadido al hacer el conjuro. Hay que memorizar los conjuros, pronunciarlos con convicción y tejer líneas invisibles de poder con los gestos. Así, he conseguido cambiar el mundo en modos que mis maestros nunca imaginaron.

Sutta Chwituskak o Rayo de Odio:
Si centras tu ira en aquellos que se te oponen, puedes conjurar una lanza de energía oscura que les atraviese la carne.

Odojinya o Red del Lado Oscuro:
Con movimientos rápidos y precisos de los dedos puedes tejer un entramado de hilos de la Fuerza para bloquear una espada o inmovilizar a un enemigo.

Qâzoi Kyantuska o Supresión de Pensamiento:
Si primero confundes la mente de tu víctima y a continuación suplantas sus pensamientos silenciados con el sonido de tu voz, podrás controlar la voluntad ajena.

Hay miembros de doctrinas aisladas de la Fuerza que realizan rituales similares. Estoy seguro de que todos esos requisitos para usar la Fuerza son innecesarios.

—LUKE

Dwomutsiqsa o Invocación de Demonio: Si te concentras en el aire y en la energía que te rodea, puedes conseguir que aparezca el lado oscuro. Una bestia de pesadilla carece de forma propia. Adoptará el aspecto de aquello que más tema su víctima. Un demonio de humo puede viajar como un efluvio nocivo empujado por el viento o tornarse sólido cuando se le ordene atacar. Puede convertir en vapor el cuerpo de una víctima penetrando en ella por la nariz o la boca, aunque es vulnerable a los contraataques basados en la Fuerza.

Tsaiwinokka Hoyakut o Reanimación de los Muertos: Se trata de un conjuro complejo que reanima de los campos de batalla tanto a los que acaban de morir como a los esqueletos más antiguos y los transforma en una legión imparable, inmune al dolor y capaz de transmitir de un mordisco una infección producida por la nigromancia. Me hubiera complacido conocer a Dathka Graush, que murió décadas antes de nuestra llegada. Aunque está muerto, fue él quien combinó la alquimia con los conjuros para perfeccionar la nigromancia.

El conjuro crea la ilusión de la vida en los muertos, que ansían arrastrar a otros a la tumba.

El Valle de Golg de Torriden está sembrado de montones de fuegos que todavía aguardan órdenes de un creador que lleva muerto siete mil años.

Las palabras tienen poder. La prueba está en los pergaminos Sith que he conseguido. Al leerlos, liberan malevolencia como salvaguarda contra aquellos que podrían desvelar sus secretos. Mejor dejar ciegos a cientos con un maleficio escrito que entregar el poder a un solo necio.

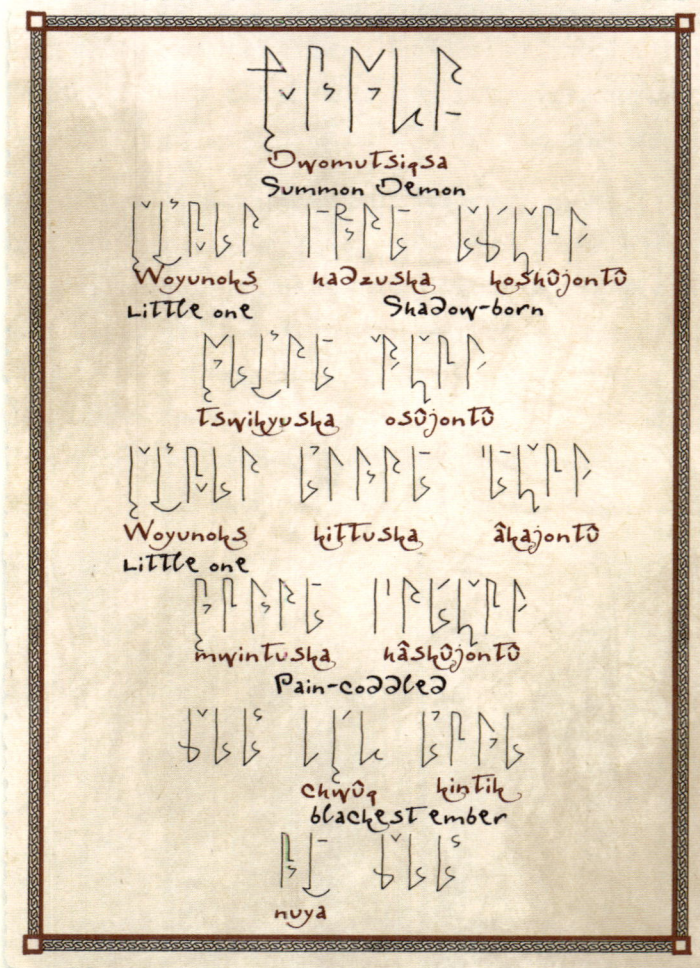

Owomutsiqsa
Summon Demon

Woyunoks hadzuska koshûjontû
Little one Shadow-born

Tswikyuska osûjontû

Woyunoks kittuska âkajontû
Little one

mwintuska hâshûjontû
Pain-coddled

chwûq kintik
blackest ember

nuya

Lejos de los niños estos conjuros deben mantenerse.

—Yoda

Pergamino Sith original con transliteración; todavía no he terminado la traducción a lengua básica.

44

Las habilidades descritas en la antigua lengua Sith son nuevas y asombrosas. Está claro que en todos los eones que hace desde que los Jedi dejaron Tython nunca han intuido el valor de los conjuros. Cuando un brujo Sith habla, da voz a los miles de hechiceros que le precedieron. Equipado con las órdenes y las trampas adecuadas, es posible someter, amarrar y llevar por el camino que uno quiera al lado oscuro.

Los conjuros Sith que precisan ser vocalizados están escritos en lengua Sith y deben ser pronunciados correctamente. ¡Ojo, esto es mucho más que ponerse a recitar! Tus inflexiones deben ser precisas y apasionadas. Si vacilas, el conjuro se volverá contra ti.

La mayoría de los conjuros poseen una rima y una métrica específicas, por lo que no pueden ser modificados. Los conjuros más complicados lanzan hechizos de intensidad volcánica.

Sin embargo, los hechizos requieren tiempo para ser preparados y recitados; es complicado utilizarlos en combate. Los reyes Sith solían mantener a sus mejores brujos apartados de la zona donde se libran los combates en el campo de batalla y los situaban encima de altos parapetos desde donde podían lanzar una lluvia de maleficios sobre las tropas enemigas a sus pies.

Se puede aumentar la potencia de un conjuro mediante amuletos y ropajes rúnicos. Las togas, conocidas como Manto de Escarcha, llevan pintados maleficios y obtienen su poder de las momias amortajadas con ellas. Durante un siglo, ese poder crece, pues se impregna de las energías oscuras de la momia.

El Código Sith

De la filosofía Sith se puede extraer un código único y unificador. Los Jedi tienen un código que nosotros los exiliados conocemos bien, pero también sabemos que está lleno de errores y de medias verdades.

Los Sith de Pura Sangre no precisan de ningún mantra que les recuerde cómo vivir. Simplemente toman lo que pueden, matan aquello que no necesitan y sacan a todo el máximo partido. Los gobierna el más apto y son un modelo de lo que el lado oscuro puede llegar a alcanzar.

Hay mucho que aprender de su ejemplo. Si tuviéramos que crear un Código Sith, éste debería poner énfasis en los fracasos de las creencias de los Jedi y al mismo tiempo mostrar un sendero llano hacia el dominio de la Fuerza. Está claro que el miedo lleva a la ira, la ira lleva al odio, el odio lleva al poder y el poder lleva a la victoria. La rabia canalizada a través de la ira es imparable.

La edición común del Códice del maestro Simikarty traduce así el Código Jedi:

El Código Jedi no confina. Ofrece guía y propósito. La ira puede darte energía, pero es una energía sobrecalentada y aleatoria que conseguirá muy poco y te dejará exhausto.
Mace

No hay emoción; hay paz.
No hay ignorancia; hay conocimiento.
No hay pasión; hay serenidad.
No hay caos, hay armonía.
No hay muerte; está la Fuerza.

Este precepto del Código Jedi sí que contiene algo de verdad. Se convirtió en la obsesión de mi maestro.

46

Este Código define a los que se adscriben a él. Paz, serenidad y armonía son reformulaciones de lo mismo: la aceptación pasiva de las limitaciones. Los Jedi promueven esto.

Sin embargo, la pasión siempre derrotará a la paz. Tal y como nosotros construimos nuestro Imperio aquí en Ziost, nuestros sucesores seguirán siendo fieles al Código Sith:

La paz es una mentira, solo hay pasión.

Con la pasión gano fuerza.

Con la fuerza gano poder.

Con el poder obtengo victorias.

Con las victorias rompo mis cadenas.

Que la Fuerza me libere.

La profecía del Sith'ari

Conozco el mito Jedi de Mortis, el de un Elegido que destruirá el lado oscuro y traerá el equilibro a la Fuerza. Los Sith tienen su propia profecía. Desde tiempos del rey Adas, han vaticinado la llegada de un ser perfecto: el Sith'ari.

El abattar que cuelga de mi cuello traduce el término como «señor feudal», aunque es más adecuado considerar al Sith'ari un dios, como creen los Sith de Pura Sangre. Algunos sacerdotes Kissai creen que la profecía empezó y acabó con Adas, pero muchos más siguen esperando el retorno del Sith'ari.

No se nos ha pasado por alto que podríamos apoderarnos del papel del Sith'ari y ejercer aún más poder en el Espacio Sith. Sin embargo, eso podría producir un efecto indeseado entre los supersticiosos. Ni siquiera Ajunta Pall es tan imprudente.

La profecía del Sith'ari se ha transmitido a través de la tradición oral. Es demasiado sagrada para plasmarse en el papiro de un pergamino. De los Kissai he aprendido su esencia:

El Sith'ari no conocerá límites.

El Sith'ari liderará a los Sith
y los destruirá.

El Sith'ari despertará a los Sith
de entre los muertos

y los hará más fuertes que antes.

Admiro el primer principio porque romper cadenas es la esencia del lado oscuro y la base de mi propio Código Sith. La mejora a través del sacrificio y el volver a nacer resuena en este pueblo que tanto valora la alquimia y la mejora de las especies mediante la crianza manipulada.

Aunque jamás he puesto mi fe en la adivinación del futuro, sigo convencida de que la Fuerza me llamó aquí. Quizá yo sea el Sith'ari.

soldados de Endimión. No permitiré que los Jedi nos aniquilen asaltando en superioridad numérica una fortificación afianzada. Los Sith no repetirán los errores de Bothawui.

CAMPAÑA DEL BORDE – DÍA 133 – MALGUS

A pesar del revés, la voluntad de mi ejército se mantiene firme. Nos han desplegado en Ord Radama. Nuestro vivac es seguro y tengo un momento de paz.

Llegamos aquí hace cuatro días. Las naves de transporte aterrizaron bajo un fuego intenso y lideré el desembarco junto a Darth Venemal. Nuestras espadas láser nos sirvieron de escudo contra las líneas individuales de fuego de infantería a nuestra espalda. Cargamos los cañones empotrados en la ladera del acantilado, y volvieron a la vida con un rugido como respuesta.

Cuando ambos transportes explotaron detrás de nosotros, supe que los artilleros de la República habían escogido el blanco equivocado. Disponíamos de varios segundos críticos antes de que pudieran tener lista la siguiente ráfaga. Para entonces, ya estábamos a cubierto detrás de las rocas en la base del acantilado. Si hubieran disparado a los dos lores Sith que iban en cabeza, nuestro ataque habría terminado ahí mismo. Ni siquiera yo puedo desviar el rayo de un cañón bramador Merr-Sonn .

Quienes son sensibles al lado oscuro pueden ver allí donde otros están ciegos. Siempre deben liderar a aquellos que carecen de esa habilidad.

Ordené a lord Venemal que saltara al rellano del que sobresalían los cañones. Momentos más tarde, la maquinaria quedó en silencio y nos hizo una señal de que todo estaba despejado. Los comandos dispararon los garfios de escalada y se reunieron con él en la parte alta.

Mientras conducía al resto de las tropas hacia la cima por el sendero de montaña, un estremecimiento de la Fuerza me ha atravesado y ha resonado en mí. Los defensores de Ord Radama han sembrado el sendero de minas. Enfurecido por tamaña cobardía, hice despeñar una gran roca sobre el camino que teníamos ante nosotros. Entonces la hice rodar lentamente veinte pasos por delante de nuestro avance utilizando energía mental focalizada y canalizada a través del lado oscuro. La piedra hizo detonar todas y cada una de las minas y dispersó a una red de tropas emboscadas. <u>Mis zapadores se encargaron de ellos con una ráfaga de lanzallamas.</u>

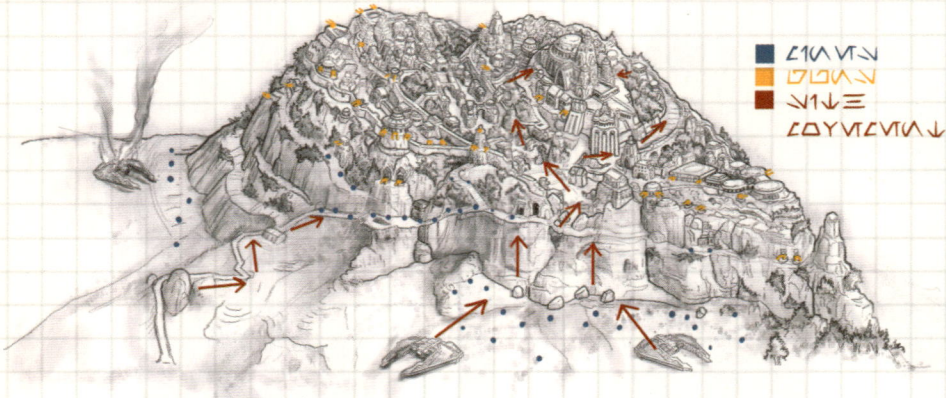

Nuestro ascenso en Ord Radama explotaba la protección natural
que ofrecía la ladera de la montaña.

Nos reunimos con el equipo de Venemal en la cima de la montaña. Sus comandos habían arrasado la base de la República, sin dejar supervivientes. Les felicité por su minuciosidad.

Nuestro oficial de comunicaciones señaló el acorazado Lindworm y el resto de nuestras tropas aterrizó en el campo que acabábamos de afianzar. De principio a fin, perdimos sólo dos naves de transporte con sus tripulaciones.

Esa tarde, mientras mis soldados preparaban su equipo, los reuní para arengarles y subirles la moral. De pie, sobre un tanque de asalto, mi poderoso grito resonó a muchos kilómetros:

«¡ESTÁIS AL SERVICIO DEL EMPERADOR Y DEL IMPERIO! SOIS MÁQUINAS DE GUERRA. ¡ESTÁIS TRANSFORMANDO LA GALAXIA!»

Los soldados levantaron sus armas y gritaron en señal de asentimiento. Nuestro avance ha sido rápido.
Pronto tomaremos la ciudad capital de Livien Magnus.

CAMPAÑA DEL BORDE – DÍA 152 – MALGUS

La ciudad de Livien Magnus ha caído. A pesar de haber traído la gloria al Imperio, mi satisfacción se vio truncada por la llegada de lord Adraas.

Lord Adraas llegó hace dos días, enviado por el Consejo Oscuro para ayudar en nuestras operaciones. Su presencia y la decisión del Consejo me enfurecen. El sitio a Livien Magnus sólo era efectivo desde hacía una semana, apenas tiempo suficiente para declararlo tablas. La ciudad habría caído cuando su población empezara a estar famélica. ¿Acaso no era ésa la estrategia tras el bloqueo mandaloriano que orquestó el Consejo? La táctica cortaba el tráfico por la ruta Hydian y hacía posible nuestra campaña actual. Sin embargo, el Consejo se atreve a insinuar que me falta valor.

No me gustan los droides de guerra. Creo que sólo son útiles como oponentes para practicar con la espada láser.

Vader

Lo que es aún peor es la confianza en sí mismo y la sonrisa afectada de Adraas durante nuestras sesiones de estrategia. Cómo odio a ese enclenque, que sólo busca su propio ascenso por encima de las metas del Imperio Sith. Adraas trajo consigo diez pelotones de droides de guerra (casi la mitad eran modelo Mark I y la otra mitad, Mark II). Adraas confía en que esos droides podrán abrirse paso por el perímetro defensivo de la ciudad y despejar el acceso al generador de escudo que cubre la ciudad con una campana protectora de energía. No lo he sacado de su error.

Sé que los droides de guerra Mark I están bien armados, con sendas pistolas bláster gemelas de alta velocidad en cada brazo. Los droides Mark II tienen armas similares y un blindaje mejor, pero ninguno de los dos modelos es ágil. Los insectos colicoides que los ensamblaron instalaron un sistema locomotor con extremidades puntiagudas de arrastre que los hace vulnerables a las maniobras por los flancos. Venemal y yo hemos sido testigos de este punto débil.

Droides de guerra Sith, modelos Mark I y Mark II.

Hay algo de verdad en esto. Los droides son soldados de usar y tirar. Son fáciles de construir y efectivos sólo cuando se utilizan en grandes cantidades.

Así pues, tras un pequeño gesto de asentimiento a lord Venemal, nos mostramos de acuerdo con lord Adraas cuando anunció que tenía intención de atacar por la puerta meridional. Observamos cómo se enviaba al combate a los droides y cómo quedaban reducidos a chatarra en el fuego cruzado con la infantería atrincherada de la República.

No obstante, el fracaso sí que sirvió para desviar la atención. Mientras el enemigo estaba distraído, lord Venemal capitaneó a sus comandos por encima del muro occidental e hizo un agujero desde dentro que permitió al resto de nuestras tropas entrar en la ciudad.

Desconectamos el generador de escudo en menos de una hora. Entonces pedí refuerzos aéreos para que acabaran con los focos de resistencia que quedaban.

¿Debería sorprenderme que lord Adraas se adjudicara la victoria cuando informó de la buena nueva a Darth Angral? No, no me sorprende. Me repugna.

Adraas, ajeno a la planificación de nuestra estrategia.

CAMPAÑA DEL BORDE – DÍA 179 – MALGUS

Perderemos Ord Radama si no recibimos reabastecimiento. El pusilánime de Adraas se ha escabullido de vuelta a Dromund Kaas para cultivar el favor del Consejo Oscuro. Mientras tanto, a lord Venemal y a mí nos dejan aquí para que prosigamos con nuestro trabajo y defendamos la ciudad contra los alborotadores. El número de efectivos disminuye gradualmente.

La cualidad esencial de la Fuerza es el conflicto. Mediante el conflicto, el fuerte mata al débil y acerca a los vivos a la perfección. El Imperio

Sith ha servido a la Fuerza incitando al conflicto, pero para que exista una auténtica mejora debo, al menos, dar a mis soldados la oportunidad de luchar contra los enemigos que desean destruirles.

Aunque el Ministerio de Logística es el responsable de nuestro reabastecimiento, nunca he gozado demasiado del favor de la ministra Khamarr. Es la favorita del Consejo Oscuro y prioriza las necesidades de Dromund Kaas por encima del resto. En vez de dirigirme a ella, he enviado mis solicitudes al ministro de la guerra Shareis, pero no he recibido respuesta.

La política me pone enfermo. El tener que suplicarle recursos a un burócrata no es adecuado para un lord Sith. Todos esos funcionarios deberían sentirse honrados de satisfacer mis órdenes y dejarse la piel en el empeño, ya que los lores Sith estamos por encima de los no sensibles a la Fuerza que sirven como empleados en nuestro régimen galáctico. Sin embargo, ni el ministro Shareis ni el Grand Moff pueden hacer nada por mí si otros lores Sith están haciendo uso de los recursos que ellos manejan.

Mientras escribo estas líneas, el indicador de la reserva de munición emite un brillo tenue, casi extinto. Las rápidas explosiones de los proyectiles cacofonizadores han enmudecido hasta convertirse en un murmullo lejano. Pienso en ti, Eleena. Como siempre, me enciendo de rabia cuando pienso en cómo te han apartado de mi lado.

Mi Eleena

Todos los alienígenas son esclavos en el Imperio Sith. Hay que explotar todos los recursos cuando la causa es la victoria total. Pero tú, Eleena, has demostrado tu valía, como súbdita y como combatiente, y quizá como algo más. Cuando haya conseguido todo lo que me he propuesto, tendré a la compañera que desee. Ni siquiera el emperador osará ordenarme lo contrario.

Apegos como éste conducen a la pérdida y a la tragedia. He intentado saber más, pero los diarios de Darth Malgus no revelan el destino de su amor secreto. Vader

Qué desastre. Hemos abandonado Ord Radama. Venemal está muerto, y también ha caído la legión de tropas a mi mando.

El reabastecimiento no llegó nunca. Sin duda, el ministro Shareis pensó que lord Adraas, o algún otro aficionado, debían de ir bien armados para una gira de inspección innecesaria. Por esta incompetencia el Imperio está perdiendo su dominio en los sistemas que acabábamos de afianzar.

Son todos unos imbéciles.

He oído que incluso el bloqueo mandaloriano hace aguas por culpa de los dos contrabandistas aliados de la República. Si reabren la ruta Hydian, el riachuelo de refuerzos que reconquistó Ord Radama se convertirá en una riada.

La batalla de Ord Radama no se perdió en tierra. Venemal y yo podíamos haber retenido el control de la ciudad indefinidamente, armados únicamente con nuestras espadas láser. Pero en órbita, sobre nuestras cabezas, sólo contábamos con el acorazado estelar Lindworm y dos cruceros estelares Verdugo.

En contra, cuatro cruceros de la República de tipo Cabeza de Martillo y diez corbetas de tipo Thranta cayeron del hiperespacio. Flanquearon el Lindworm con una andanada de turboláser antes de que pudiera lanzar los cazas estelares.

Desde el balcón del palacio en Livien Magnus vi los destellos del combate orbitario mientras del comunicador manaban a borbotones estática y conversaciones angustiadas. Subí a mi lanzadera y ordené al capitán Karm que me llevara al Lindworm, donde yo podría tomar el mando.

El Capitán maniobró con su habilidad característica, esquivó a los cazas Aurek de la República y realizó un complejo aterrizaje en el hangar ventral del Lindworm. Pero para cuando el turboascensor me llevó al puente, pude ver que la batalla estaba perdida.

Los destructores estelares imperiales son similares a los Verdugo y sirven de herramientas disciplinarias en los sistemas rebeldes del Borde.

Los rebeldes utilizaron saltos hiperespaciales muy precisos para emboscar la flota imperial. En cierto modo, las decisiones son mucho más sencillas cuando te superan en número y en armas.

—LUKE

Uno de nuestros Verdugo ardió en llamas, y de él salió una lluvia de vainas de escape. El otro Verdugo estaba herido de muerte, con las tripas desparramadas a causa de un racimo de torpedos de protones. No pude hacer nada para detener su caída a la atracción gravitacional de Ord Radama. Minutos más tarde, hizo impacto en el centro de Livien Magnus.

El Verdugo herido empieza a caer.

En ese instante sentí a Venemal y a otras cien mil formas de vida gritar de dolor. Después se quedaron en silencio. *A través de la Fuerza, la angustia puede transmitir mucho poder. Vader*

La fuerza de mi grito deformó el frontal de transpariacero del puente de mando y le reventó los tímpanos a la tripulación. Mi ira sobrecargó los núcleos de combustible de una formación de Aureks que se aproximaba, lo cual fue mucho más gratificante. Las brillantes explosiones de su muerte me hicieron sonreír.

No ganábamos nada quedándonos en el sistema estelar. Ordené al aturdido oficial de navegación que posicionara el Lindworm detrás del campo de minas de iones y que saltara al corazón del Espacio Sith.

CAMPAÑA DEL BORDE – DÍA 221 – MALGUS

La República vino tras nosotros. El bloqueo mandaloriano se ha desmoronado del todo. La flota enemiga ha entrado en el espacio imperial.

La República atacó Korriban, aunque ha amenazado ese mundo demasiadas veces como para que yo considere que es su verdadero objetivo. Así que cuando su flota saltó, era de esperar que ocurriera, pero ahora se halla apostada frente a Ziost.

Nuestra situación es catastrófica y la victoria depende de la superioridad en el espacio. Las naves capitales de la República no han roto nuestra línea defensiva, pero sus pequeños cazas han atravesado con facilidad nuestra pantalla. La batalla de Ziost la ganarán los pilotos.

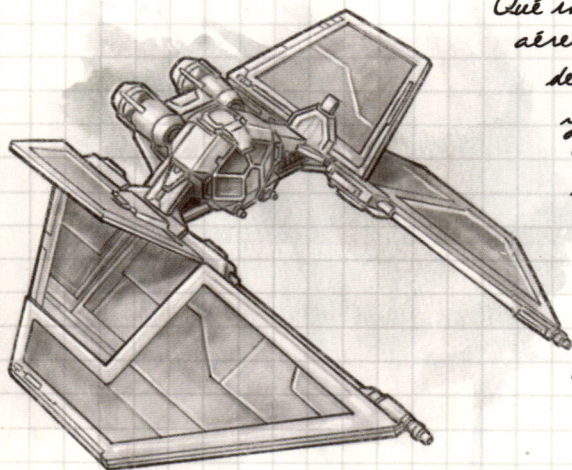

Interceptor ISF Sith

Qué interesante que el combate aéreo nave contra nave desempeñara un papel clave ya por aquel entonces. Los cazas pueden superar en maniobrabilidad a las naves capitales y sacar partido a sus puntos débiles. —Vader

LA REBELIÓN UTILIZÓ LA MISMA ESTRATEGIA. EL IMPERIO NOS SUPERABA EN NÚMERO, PERO NOSOTROS TENÍAMOS MEJORES PILOTOS. —LUKE

Todos los días se producen escaramuzas en la órbita y en la atmósfera, y en todas ellas, unos pocos de los interceptores y bombarderos pesados más rápidos de la República consiguen atravesar nuestras defensas y llegar a las copas de los árboles de Ziost. Hemos perdido baterías de cañones y arsenales de armamento vitales.

Nuestra única protección contra esta agresión es la pericia de los pilotos imperiales y la superioridad tecnológica de nuestros cazas.

El papel de estos interceptores es comparable al de los cazas TIE del Imperio. Muchos elementos del diseño son iguales.

Vader

Nuestros interceptores ISF son ligeros y maniobrables, pero aunque los interceptores son óptimos para el combate aéreo a alta velocidad, nuestros cazas B-28 compensan la potencia de fuego con su armamento pesado. Nuestros interceptores de tipo Furia hacen de transporte pesado y patrullan los límites de la zona de combate para hacerse cargo de cualquier nave que intente escapar a la superficie.

Darth Angral cree que estamos igualados con la República y que hemos llegado a un punto muerto. Ha solicitado a Dromund Kaas más naves para la Armada. Le he pedido cautela. Un comandante Jedi diestro en la meditación de batalla podría sincronizar las naves y los cazas en una sola mente, y los Jedi disponen de otros trucos que podrían hacer que la corriente fuera a su favor.

ES FASCINANTE LEER SOBRE ESTOS VIEJOS MODELOS. QUE YO SEPA, NO EXISTEN RELIQUIAS EN CONDICIONES PARA VOLAR. UNA PENA, YA QUE ME HABRÍA ENCANTADO PONER UNA A PRUEBA.

—LUKE

CAMPAÑA DEL BORDE – DÍA 258 – MALGUS

Ahora debemos defender el corazón de nuestro territorio. Me enfurece sobremanera que el Consejo Oscuro haya permitido que la guerra llegue a Ashas Ree, y debo reconocer cierto grado de admiración por la forma en que la República nos ha superado en estrategia.

Lanzaron su primer ataque mientras las naves de lord Angral aún estaban apostadas en Ziost. Llegamos justo a tiempo de detener su avance en el acuartelamiento central. ¿De verdad creen que pueden conquistar este mundo? ¿Esperan poder fortificarlo y convertirlo en la zona de acopio desde la que atacar Dromund Kaas? ¿O es una forma de entretener a nuestras fuerzas de nuevo mientras ellos capturan otro objetivo?

La capital de toda fuerza de combate debe protegerse por encima de todo. Un ejército que pierde la capital pierde su autoridad.

Vader

Coruscant es impenetrable. Ningún enemigo podrá soñar nunca siquiera con hacer peligrar mi dominio sobre este mundo.

PASARON AÑOS ANTES DE QUE LA NUEVA REPÚBLICA FINALMENTE LE ARREBATARA CORUSCANT A LOS SUCESORES DE PALPATINE, PERO EL QUE LA SIGUE, LA CONSIGUE.

—LUKE

Escribo desde un claro en la periferia del acuartelamiento, entre los campamentos de los adoctrinadores del planeta, que desean que el Imperio vuelva al aislacionismo. A menudo se han opuesto a nuestro Emperador, pero hoy todos somos Sith.

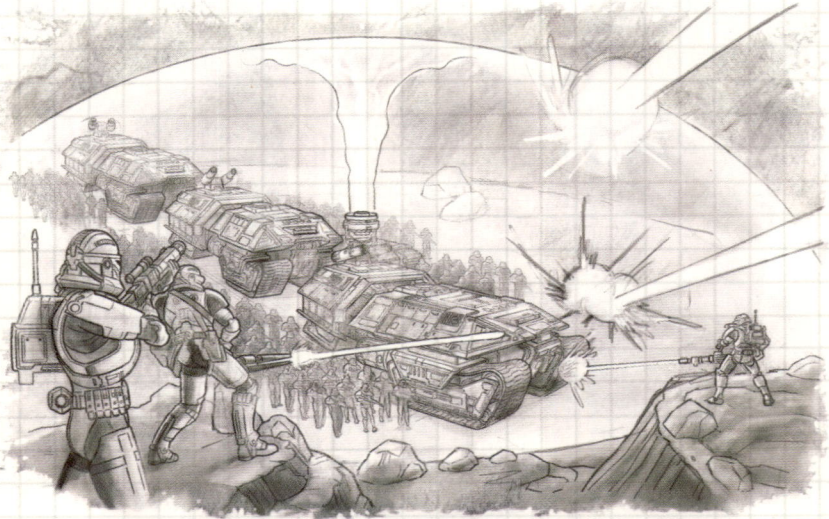

Tanques de asalto Sith en los límites del escudo.

Estoy al mando de una división de tanques de asalto posicionada para mantener a raya los planeadores acorazados que aguijonean con regularidad nuestras defensas en los límites de la selva. Sobre mi cabeza, el escudo de energía que protege el acuartelamiento se inflama de blanco con cada impacto de mortero. De vez en cuando, nos alcanza un atronador rayo de turboláser procedente de la batalla naval que se libra sobre nuestras cabezas, en la órbita.

He sabido que el comandante de la República tras esta osada maniobra es el maestro Jedi Ven Zallow. A pesar de su fidelidad a la blasfemia Jedi, al menos parece comprender la verdad del perfeccionamiento a través del combate.

El maestro Zallow, y los que son como él, todavía están a tiempo de darse cuenta de sus errores y unirse a la causa de los Sith. Hasta entonces, haré todo lo que esté en mi poder por librar a la galaxia de su presencia. Desde mi visión en Korriban, hace ya tantos años, he sabido que mi destino es exterminar a los Jedi y derribar su obsceno Templo.

Era necesario destruir el templo Jedi si deseábamos poner fin a las guerras Clon. Al final, salvé vidas. Vader

CAMPAÑA DEL BORDE – DÍA 315 – MALGUS

La batalla de Ashas Ree ha terminado. ¡Otra victoria para el Imperio!
De nuevo, los indignos han buscado escalar posiciones al amparo
de este triunfo. Adraas no es más que una larva que se alimenta de
los cadáveres de los animales a los que yo quito la vida. Un día me
cansaré de aguantar sus tonterías. Le haré sufrir.

El Consejo Oscuro reconoció el papel que desempeñé en la
defensa del planeta y me ha informado, a través de uno de sus
oficiales, que no volveré a sufrir carencias de efectivos como la que
nos costó Ord Radama. La aprobación del Consejo no significa nada,
pero aceptaré gustoso sus recursos.

*No respeto a los espías
ni a los que se
esconden
en las
sombras
Quienes quieran luchar
deben dejar claras sus
intenciones
Vader*

Los Servicios de Inteligencia Imperiales me ha informado de que el
maestro Ven Zallow y sus tropas tienen su cuartel general en Serenno.
Ese mundo antiguo de casas nobles reaccionaría con mucha rapidez
a un ataque directo, así que he activado un infiltrado.

El emperador, en su infinita sabiduría, se ha pasado muchas décadas
colocando infiltrados Sith en puestos de poder a lo largo y ancho de
la galaxia; mucho antes de que nuestra Armada disparara la primera
bala. Ciertamente, esos agentes convirtieron los gobiernos de
Ruuria, Sernpidal y Belkadan a nuestra causa. Su astuta labor hizo
posible la emboscada a la flota de la República en el brazo de
Tingel; nuestra primera victoria importante en esta guerra.

Sólo una fracción de los infiltrados del
emperador han sido activados hasta
la fecha, pero Darth Caba ha reunido
informes de los servicios secretos
que indican que un importante noble
de Serenno, al que el maestro Zallow
escucha, es en secreto uno de los nuestros.

*La importancia de Serenno no ha mermado con
el tiempo. Mi servidor, el conde Dooku, reunió
los sistemas separatistas haciendo uso de su
condición de noble de Serenno.*

Ven Zallow no ve la amenaza que tiene
en su propio centro de mando.

Sin embargo, la situación requiere obrar con presteza. Información procedente de agentes de alto rango (que se han puesto el nombre de «codificadores») indica que la República se trasladará pronto de Serenno a una nueva base en la avanzadilla. Si no atacamos ahora, perderemos la oportunidad.

Hay que asesinar al maestro Zallow y romper la estructura de mando de la República, pero me han dicho que debo esperar a que uno de los infiltrados termine la misión. Así que debemos esperar a que las noticias del éxito lleguen a través de la red de codificadores.

Mis naves de guerra están listas. No comeré, beberé ni dormiré hasta que hayamos entrado en combate. La negación aligera los sentidos y agudiza la mente. Debo estar en plena forma, pues Serenno está plagado de Jedi.

CAMPAÑA DEL BORDE – DÍA 342 – MALGUS

La operación en Serenno ha sido sólo un éxito parcial. Una transmisión subespacial de los codificadores anunció que el infiltrado había atacado. Ordené a la flota que diera el salto. Sorprendimos a las naves de la República y las dispersamos.

Aseguramos Casa Palerma, que los Jedi usaban como puesto de mando. Pero la ira se apoderó de mí cuando descubrí el cadáver del infiltrado sobre la mesa de la sala de banquetes, partido en dos por la espada láser de Zallow, y supe que Zallow había escapado a bordo de un crucero de la República.

Aunque Serenno pertenece ahora al Imperio, no nos acepta. Es increíble, pero las casas de Teramo y Comprassi han contratado mercenarios para que nos echen. Anoche me despertó el ruido de los proyectiles de acelerador magnético que golpeaban el enlucido de permacreto de las paredes de la villa.

Afortunadamente, llegué a Serenno preparado. El Consejo Oscuro me proporcionó un escuadrón de asesinos de élite. Nunca he envidiado su oficio. Mi poder proviene de la furia y lo perfecciona el combate. Prefiero oler el miedo en el sudor de un enemigo a manipularlo con

Comparto la opinión de Malgus. Hay pocas cosas que no se puedan resolver con una espada láser. Vader

conjuros desde la distancia, pero en ese momento me alegré de tener asesinos a mis órdenes.

Los asesinos Sith terminan de peinar la zona.

Desde un parapeto vi a los asesinos establecer un perímetro alrededor de la villa y abrirse en abanico en todas direcciones. Iluminaron la oscuridad sin luna con relámpagos de destellos azules. Sus comandantes les enviaron hacia los atacantes, como un nek de combate tras una presa de caza.

Los mercenarios abandonaron las armas pesadas y dispararon con anticuadas pistolas de onda pulsada. Un intento patético con unas armas endebles. Sus gritos cesaron pronto y yo me procuré unas pocas horas más de sueño antes del amanecer.

CAMPAÑA DEL BORDE – DÍA 399 – MALGUS

El emperador Sith nos ha ordenado reconquistar Ord Radama. Yo dirigiré el ataque. Corren rumores de que algunos me culpan de la muerte de lord Venemal y de la derrota que sufrimos allí. Esta campaña restaurará mi honor y demostrará que el Imperio Sith está en plena forma.

No dejo nada al azar. Los soldados corrientes no se sirven del lado oscuro y los inquisidores Sith tienden a mantenerse demasiado al margen para mi gusto. Para esta batalla usaré un regimiento de guerreros duchos en el uso de la Fuerza. Mis métodos y hábitos son los del guerrero. Desde las meditaciones de mi padre sobre la muerte a las lecciones de mis tutores en la academia de Dromund Kaas, el lado oscuro me ha criado y me ha hecho fuerte. Otros atontan sus sentidos con las especias y la bebida, pero los guerreros saben que el combate es la única experiencia con la que deleitarse.

Otros lores Sith mantienen a su élite de guerreros del lado oscuro en la reserva, lejos del enemigo, para preservar sus conocimientos estratégicos. ¡Qué desperdicio! Han alcanzado su rango porque han luchado y han vencido. Negarles el honor del combate es como decirles que son unos inútiles. No sólo es un insulto sino que debilita a todo el Imperio Sith.

Los guerreros son animales. Agentes como Darth Maul tienen su utilidad, pero nunca pueden expandirse más allá de su limitado conjunto de tareas.

Un guerrero Sith simboliza la pureza.

Yo capitanearé el ataque a la nueva capital de Ord Radama, que ha sido trasladada a la ciudad de Nueva Raido. Mis guerreros son expertos en el arte de empuñar dos espadas láser y están equipados con nuevas armaduras de combate fabricadas en Balmorra. Aunque la armadura pesa mucho, los guerreros son capaces de soportarlo todo.

En verdad existe el honor en el combate cuerpo a cuerpo. Me cansan las puñaladas por la espalda de la burócratas imperiales

Vader

Los droides, los soldados, los comandos, etcétera, nos seguirán una vez hayamos abierto una brecha en las defensas de la ciudad. Los informes de los Servicios de Inteligencia Imperiales dicen que la República apenas ha hecho nada para fortificar Ord Radama y los nativos bastante hacen con sobrevivir desde la destrucción de Livien Magnus.

Nuestra victoria no llega a conflicto, pero bastará. Desde Ord Radama podré aspirar a nuevos objetivos que conquistar para la mejora del Imperio Sith.

EL ALIMENTARSE ASÍ DE LA IRA ATRAE A LOS COMBATIENTES AL LADO OSCURO, PERO MÁS TARDE, EN FRÍO, PUEDEN ESTAR MUCHO MÁS RECEPTIVOS A LA LUZ. No EN TODOS ESOS GUERREROS ES IMPOSIBLE ALCANZAR LA REDENCIÓN.

—LUKE

CAMPAÑA DEL BORDE – DÍA 460 – MALGUS

Comienza la jornada 51 de la reconquista de Ord Radama. Otro comandante se sentiría desanimado por las bajas o por la forma en que los Jedi engañaron a los codificadores de los Servicios de Inteligencia al permanecer disfrazados entre los campesinos del planeta hasta que lanzamos nuestro ataque. Pero yo no. Esto es la felicidad. Una conquista fácil carece de importancia, pero este glorioso baño de sangre es beneficioso para ambas partes.

Los Jedi han sido siempre nuestro verdadero objetivo, no los despreciables soldados de la República ni los andrajosos insurgentes de mundos subyugados. Ahora tenemos combates a espada láser y duelos de la Fuerza a gran escala. Con cada cadáver que sumamos dejamos en evidencia la mentira de su pacifismo ofensivo. Quienes caen entre nuestras filas son como los nudos cortados de una vara de greel. Nos afilamos más con cada pasada del cuchillo.

El ritmo de esta batalla me ha costado el favor del Consejo Oscuro y de Darth Angral, pero saldré victorioso y mi triunfo garantizará mi lugar en el ejército que ataque Coruscant.

Muchos Jedi perecieron en el glorioso baño de sangre de Ord Radama.

LA PASIÓN DEL EMPERADOR POR LAS SÚPERARMAS NOS AYUDÓ A DERROTARLE.

UN ARMA GRANDE ES TAMBIÉN UN BLANCO GRANDE, Y NADA ES INVENCIBLE   —LUKE

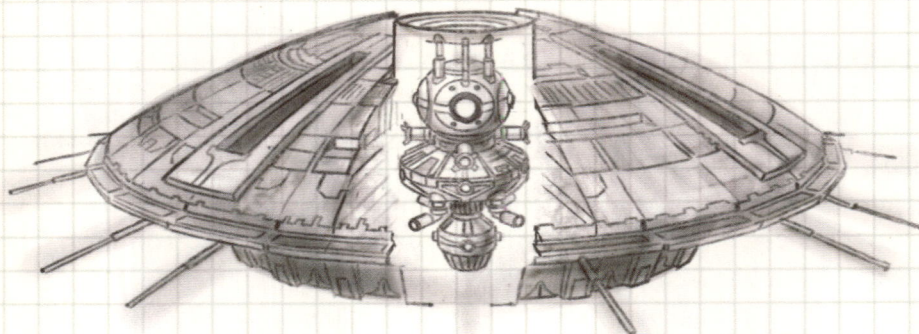

El mecanismo central de la Muerte Oscura, tal y como está grabado en el holocrón Qel-Droma.

Esta batalla no durará mucho más. Durante la última Gran Guerra Sith, el lord oscuro Exar Kun construyó un arma <u>tan poderosa que podía sesgar la vida de todo un ejército.</u> La llamaban la Muerte Oscura. Aunque se ha perdido en el olvido, el Consejo Oscuro cree que su mecanismo central está en algún lugar de Ord Radama.

¡Una gota de sabiduría de Malgus! Un Sith siempre debe pensar a escala monumen

Igual que pronto saborearemos la victoria, pronto descubriremos esa arma. No me importa si la usamos aquí o en Coruscant. Sirvo al Emperador eliminando a los indignos. No habrá piedad para los Jedi.

CAMPAÑA DEL BORDE – DÍA 479 – MALGUS

Esta arma fue desenterrada en Raxus Prime en las guerras Clon. Malgus estaba excavando en el lugar equivocado.

Estoy reuniendo una fuerza operacional para perpetrar un ataque a los Planetas del Núcleo en el espacio de la República. El Consejo Oscuro ha puesto a mi disposición lo siguiente:

Vader

- cruceros estelares Verdugo
- 48 transportes de tipo Furia
- 192 interceptores ISF
- 720 droides de guerra Mark I
- 480 droides de guerra Mark II

La Regla de Dos

El poder de los Sith

La Fuerza no es fuego, es veneno.

Esa sencilla máxima recoge toda la filosofía Sith. Lo que lord Kaan y mi orden, predecesores inferiores, no pudieron entender es que una verdad tan fundamental como ésa no es una muestra de entendimiento por mi parte sino de estupidez por la suya.

La Fuerza no es fuego. ~~No puede irse pasando de una antorcha a otra sucesivamente hasta que todo un hemisferio esté iluminado con las llamaradas de un millón de luces.~~ Esto es lo que Kaan creía como un tonto, y como él, todos los Sith que le precedieron en el último milenio. Es la razón de que los Sith, antaño poderosos, se vinieran abajo mucho antes de la batalla de Ruusan. Cuando todos portan la llama, por muy tenue o parpadeante que sea, pronto llegan a la conclusión de que ellos son las estrellas más brillantes alrededor de las cuales deben orbitar todas las demás. A continuación se producen luchas internas y la victoria Jedi se hace inevitable.

No, la Fuerza es veneno. Si se vierte en demasiadas copas, pierde su potencia hasta estar tan diluida que no es más que una sustancia irritante. Pero si se vierten todas esas copas en un único recipiente, entonces se tiene poder para detener el corazón de un dragón Krayt.

Éste es el secreto. Ésta es la Regla de Dos: un Sith debe contener todo el poder del lado oscuro. Un maestro debe decidir cómo ha de usarse ese poder. Compartir el poder es un acto de debilidad y una infracción del Código Sith.

Bane estaba equivocado. La Fuerza ES fuego. Cuando el emperador tenía el poder, los Jedi estaban casi extintos y la galaxia sufría. Me he esforzado para restaurar la Orden Jedi, y nos hacemos más fuertes a medida que transmitimos la llama; nuestra luz se propaga. —LUKE

No obstante, la Orden Sith debe sobrevivir cuando el maestro perezca. Por ese motivo, el maestro debe adquirir un aprendiz. El maestro instruye al aprendiz, pero sin ceder nunca ni una pizca de poder. El aprendiz va adquiriendo conocimientos a lo largo de los años de estudio, pero debe luchar por cada logro. Si el aprendiz llega a ser lo bastante fuerte, debe demostrarlo en un duelo a muerte. Si es el maestro el que cae, el aprendiz se convertirá en maestro; y así la Orden continúa.

Es posible que los dos juntos atraigan legiones de seguidores serviles, pero el verdadero poder permanecerá concentrado. Siempre dos, un maestro y un aprendiz.

El poder de Bane se ha transmitido de generación en generación durante mil años. Juro ser el último en recibirlo.

67

Los errores de Ruusan

Todos son iguales en la Hermandad de la Oscuridad.» Esas palabras putrefactas han salido de los labios de lord Kaan más veces de las que puedo recordar. Esa mentira esencial, sobre la que Kaan ha construido su falso Sith, es la razón detrás de su poder aguado y diluido.

Las nuevas guerras Sith, por llamarlas de alguna manera, duraron mil años. Durante ese período, muchos Señores de la Guerra buscaron controlar el destino del Imperio Sith. Aunque cosecharon victorias, desde la batalla de Mizra a las guerras Sictus, se trataba de victorias sin una línea clara de sucesión. Todo Sith quería ser rey. Así que nos enzarzamos en discusiones mientras la República se debilitaba cada vez más (sus ciudadanos enfermaron de la plaga) y las infraestructuras en decadencia la dejaban aislada. La garganta de Coruscant yacía al descubierto bajo nuestras espadas, pero en vez de aprovechar la ocasión, ¡los Sith se dedicaban a apuñalarse por la espalda! Kaan no fue el peor de esta sarta de idiotas, sólo fue el último.

Kaan creó la Hermandad de la Oscuridad para poner fin a estas reyertas, pero optó por un falso igualitarismo en vez de por un fuerte poder central. En la hermandad, todos los miembros recibían el nombre de «lores Sith». Ése fue el primer error de Kaan.

Serví en la Hermandad de la Oscuridad como sargento asignado a los Caminantes de las Tinieblas y dirigí a mis camaradas en la toma de Phaseem. Si hubiéramos mantenido una estrategia militar sensata y hubiéramos seguido una conquista ordenada, la República habría sido nuestra. Pero Kaan era impaciente. Se metió en camisa de once varas y dio el salto al sector Bormea, el corazón de la República, antes de tiempo. Ése fue su segundo error.

El tercer y último error de Kaan se produjo en Ruusan, un mundo sin ningún valor en el que esperaba derrotar a lord Hoth y al Ejército

Había oído algo de las Reformas de Ruusan, pero no sabía todo esto. ¿Por qué los Jedi no hablan de esta batalla? Qvos

KAAN Y SUS LACAYOS; NINGUNO SABÍA CUÁL ERA SU SITIO.

La bomba de pensamiento en Ruusan.

de la Luz Jedi. En vez de eso, las provocaciones le arrastraron a una interminable guerra territorial de desgaste. Yo vi cómo se desarrolló y supe que los Sith habían pasado a ser como los Jedi: demasiado numerosos y demasiado débiles. Kaan había perdido el control.

Al final, Kaan siguió mi consejo y aunó las dotes de los demás lores Sith para crear una maravilla de la fuerza bruta: la bomba de pensamiento. Fue la prueba de lo que el lado oscuro podía lograr cuando no estaba repartido entre miles. Sin embargo, la bomba de pensamiento no sólo consumió a los combatientes Jedi, sinc también a los Sith que la crearon. Puso fin a la guerra y exterminó a la hermandad de lord Kaan.

Kyle Katarn, uno de mis estudiantes, abrió el vórtice de la bomba de pensamiento en Ruusan y liberó los espíritus que habían permanecido atrapados en él durante más de un milenio.

—Luke

El título de Darth

Si mi plan no hubiera funcionado y Kaan no se hubiera matado con la bomba de pensamiento, me habría visto obligado a matarlo yo mismo. La aniquilación en Ruusan fue un regalo, eliminó a todos los indignos. Yo, Darth Bane, y mi aprendiz, Darth Zannah, sobrevivimos y recuperamos el poder de los Sith, para que pudiera instituirse la Regla de Dos.

No es casualidad que adoptara el título de Darth cuando conseguí ser maestro del lado oscuro, ni tampoco es casualidad que Kaan y sus seguidores lo rechazaran. Es un título de poder. Conlleva autoridad y lo corona el juicio de la Historia. Simboliza transformación. Cuando adopté el título de Darth, dejé de lado mi nombre de la infancia. ¿Qué importa que antes fuera un minero o un soldado? Lo único que importa es lo que conseguiré.

Algunos creen que Darth viene del antiguo término rakata *darr tah*,

ANDEDDU, REVAN, MALAK, MALGUS, RUIN; SU LINAJE CULMINA EN MÍ.

que significa «triunfar sobre la muerte», o *daritha*, «emperador», pero el verdadero significado de la palabra no proviene de ningún idioma sino de las orgullosas historias de aquellos que ostentaron el título:

Darth Andeddu, el rey-dios de Prakith, cuyo deseo era vivir para siempre.

Darth Revan y Darth Malak, que construyeron un nuevo Imperio Sith cuya influencia en la galaxia rivalizaba con la de la República.

Darth Malgus, que lideró a sus tropas al interior del templo Jedi durante el saqueo de Coruscant.

Darth Ruin, que abandonó la Orden Jedi para seguir su filosofía monomaníaca del interés propio y comenzó la guerra milenaria que terminó en Ruusan, y que fue uno de los últimos en llevar el título de Darth hasta que yo lo adopté de nuevo.

Lord Kaan predicaba que todos éramos iguales en la Hermandad de la Oscuridad, pero no osó nombrar a mil Darth. De hecho, no permitía el uso del título. Quizá sintiera su poder intrínseco: que el individuo que lo llevara no permitiría a sus rivales seguir con vida. Quizá su uso hubiera obligado a Kaan a enfrentarse a la verdad: que su visión de la Fuerza era una vergüenza.

Yo reimplanté el título de Darth en la Regla de Dos para que sólo los dignos pudieran llevarlo desde entonces hasta el fin de los tiempos.

Darth Maul, Darth Tyranus, Darth Vader. Cada uno tenía una utilidad. Todos fueron fáciles de reemplazar cuando su cometido llegó a sufrir.

EL TÍTULO PARECE HABERSE EXTINGUIDO CON MI PADRE. ME SIENTO ORGULLOSO DE QUE FUERA MI FAMILIA LA QUE LE PUSIERA FIN.

—LUKE

El ataque desde las sombras

Los Sith de antaño proclamaban pública y descaradamente su superioridad. En esto estaban en lo cierto. Sin embargo, se equivocaban si pensaban que ninguna legión de enemigos se alzaría en su contra.

Siempre se ha difamado a los Sith, se habla de ellos como si fueran seres malvados y perversos, no muy distintos a los cacodemonios de los cuentos infantiles que acechan en las sombras con los colmillos goteando. Dado que someterse a semejante horror parece inconcebible, muchos creen que deben luchar o aceptar el exterminio. Los Jedi extienden sin complejos este tipo de propaganda alarmista.

Al amparo de la Regla de Dos, los Sith operarán en secreto y alimentarán así la creencia de que los Sith son cosa del pasado, olvidados en sus tumbas de Ruusan. No debemos hacer patente nuestra presencia.

El lado oscuro de la Fuerza por fin está concentrado. Da a dos individuos poder ilimitado, ¡pero los Sith no pueden permitirse el perder a ninguno de los dos! No os convirtáis en objetivos. Incluso un lord Sith puede ser derribado por un millar de enemigos.

Si existe un único ser que cree que los Sith siguen existiendo, matadle. Si un grupo descubre el secreto, debéis recurrir al engaño y al subterfugio. En cierto momento, los Jedi creyeron tener pruebas de que yo había sobrevivido a Ruusan. Mi aprendiz y yo urdimos en secreto un ardid en el que él volvió loco a su hermano y lo hizo pasar por el temible «señor Sith». Con esto se solucionó la necesidad de atribuir culpas de los Jedi, que zanjaron el asunto y siguieron a lo suyo.

Esta tendencia a permanecer ocultos me preocupa. Puede que ahí fuera haya amenazas con las que aún no nos hayamos topado.

—Luke

Los Jedi descubrieron la Regla de Dos hace más de un siglo, de manos del fanático Kibh Jeen. Algunos Jedi no se lo creían. Ahora que el combate de Obi-Wan en Naboo ha confirmado la verdad, los Jedi están listos para hacer frente a lo que sea que hayan estado tramando los Sith. Qvos

LAS MENTES CRIMINALES DE LOS BAJOS FONDOS NO SON MÁS QUE TÍTERES DE LOS SITH.

La Orden Sith es ahora un linaje. Según tus habilidades y competencias, descubrirás que es una simple cuestión de acumular riqueza, y así, con cada sucesión aumentarán los recursos de los Sith. No construyas palacios, pues llaman la atención. Emplea tu dinero en contratar espías, académicos, asesinos, entrenadores, guardias y ladrones. Todos te serán de utilidad y el brillo de los créditos los distraerá de tu verdadera naturaleza.

La elección de un aprendiz

Repito: la Orden Sith es un linaje. ¡No debe extinguirse contigo! No permitiré que mi nueva Orden Sith se extinga simplemente porque tú no seas digno o porque seas demasiado protector para legar tu poder.

Esto has de saber: tu aprendiz te matará. Si esto te da miedo, entonces la Orden Sith ya ha sufrido una infección mortal. Tu existencia no es necesaria en la Orden. Tu batalla ya se ha perdido.

Un aprendiz Sith debe crecer en fuerza y habilidad hasta que pueda superar a su maestro. ¡Cualquier otra cosa sería una regresión! ¿Quieres que los Sith sean como los «reyes» de Shawken, cuyo dominio se convirtió en polvo?

¿O acaso crees que vas a vivir eternamente? No te equivocas al mantenerlo en secreto, pues yo mismo he buscado cómo prolongar mi vida. Pero llevado al extremo, esto llevará al narcisismo y a que la Regla de Dos pierda su sentido. El hecho de ser un lord Sith implica ser más listo que tus enemigos y estar preparado ante cualquier eventualidad. El buen aprendiz de Sith garantizará la continuidad de los Sith sin importar el destino que le aguarde.

En las estrellas abundan aquellos que son sensibles a la Fuerza. Busca a los que no han sido descubiertos ni sometidos a la corrupción Jedi. Te será más fácil moldear a los jóvenes, porque sus mentes y sus cuerpos todavía están fluyendo. Puede que desees entrenar a varios candidatos a la vez. Sus rivalidades harán salir a la superficie su verdadera naturaleza y hará poco probable que decidan aunar sus fuerzas en tu contra.

Diles que sólo uno sobrevivirá y llegará a ser tu aprendiz. Deja que se derroten unos a otros en combate, que se traicionen entre sí mientras duermen o que jueguen con las sospechas y tensiones ajenas. Todas son habilidades admirables en un futuro señor Sith. Observa cómo se destruyen entre sí.

No tuve el lujo de poder emplear este método cuando elegí a mi aprendiz. Pero si se muestra reacio a ocupar mi lugar, entrenaré a un segundo aprendiz para que lo reemplace. Quienes posean talento y ambición serán recompensados; el resto morderá el polvo.

EL CONFLICTO AGUDIZA LAS HABILIDADES PERSONALES Y FORTALECE A LOS SITH.

Obi-Wan mató a un Sith en Naboo. Creo que podríamos acabar con todo eliminando también a Dooku. Q VOS

La venganza de los Sith

Atendiendo a la Regla de Dos, los Sith concentrarán el poder en un maestro y un aprendiz para que un día podamos mostrarnos a los Jedi. Tarde o temprano, tendremos nuestra venganza.

La civilización galáctica es un término vacío cuando esa civilización carece de liderazgo. Con una visión clara y los medios para llevarla a cabo, un régimen Sith podría crear grandes maravillas que desafiarían las leyes naturales del silencio, el inmovilismo y la ruina. Kaan era un mentecato, pero tenía razón en una cosa: las leyes de la República actual sólo ayudan a esas fuerzas caóticas, y sólo el camino del Sith lleva al control de la entropía.

HE AQUÍ LA GALAXIA BAJO EL DOMINIO SITH.

El sendero del Jedi enseña paz y armonía, pero si no aspirásemos más que a la armonía, los seres inteligentes seguirían arañando comida de tocones podridos de árboles. El lado oscuro de la Fuerza es tanto un facilitador como una guía. Para hacer progresar la causa Sith debes luchar contra aquellos que impiden el avance del progreso. Tú y tus sucesores estáis construyendo un arsenal de potencia del lado oscuro. Un día contendrá el poder para destruir a los Jedi y darle propósito a la Fuerza.

Recuerda el Código Sith: «No hay paz; sólo hay pasión.» Con la creación de un nuevo régimen, los Sith derrotarán la complacencia de los Jedi, ¡y lo que crearemos será glorioso!

PALPATINE FRACASÓ. MI PADRE TRIUNFÓ SOBRE LA MALDAD DE SU MAESTRO. FUI TESTIGO DEL RETORNO DEL JEDI QUE HABÍA LUCHADO EN LAS GUERRAS CLON Y SÉ QUE ENCONTRÓ CONSUELO EN EL LADO LUMINOSO DE LA FUERZA. —LUKE

Este Jedi no sobrevivió. Los maestros Yoda y Windu adivinaron la verdad, pero no pudieron oponerme resistencia. La venganza de Darth Bane que tanto tiempo esperamos se convirtió en mi triunfo personal.

Defensa personal

Ya he dicho que la Fuerza es veneno. Como eres un lord Sith, eres consciente de la verdad que encierran mis palabras. ¡No puedes diluir nuestro poder! También debes mantenerte fuerte, no sólo en número sino también en combate. La expresión más pura de la victoria es a través de la lucha. No permitiré que mi legado se convierta en una copia borrosa de otra copia. Estas páginas contienen todo lo que debes saber si deseas derrotar al enemigo ya sea con la espada láser o con la Fuerza. No dependas únicamente de lo que tu maestro te ha enseñado. Estudia estas artes, bebe directamente de la fuente.

Creación de una espada láser

La espada láser es el arma de un lord Sith. Si se esgrime correctamente, se convierte en una extensión de tu cuerpo, una extremidad que no requiere del pensamiento consciente para moverse o adoptar una posición. Si pierdes tu espada láser, deberías sentirte como si hubieras sufrido una amputación. *Me encantaría tener ventaja en la lucha, pero esto no es más que la expresión de un anhelo de los Sith. Las hojas rojas son más débiles y SON las que se rompen.*

Los Jedi también llevan espadas láser. Obtienen sus cristales de una mina. Sin embargo, los Sith poseen desde hace mucho una alternativa superior. Elementos en estado puro se calientan en una forja de la progenie y producen un cristal artificial que puede generar una hoja de energía que emitirá una brillante luz carmesí. *De todas formas, a los Jedi no nos gustan los cristales artificiales, y menos cuando en Ilum hay semejantes bellezas.*

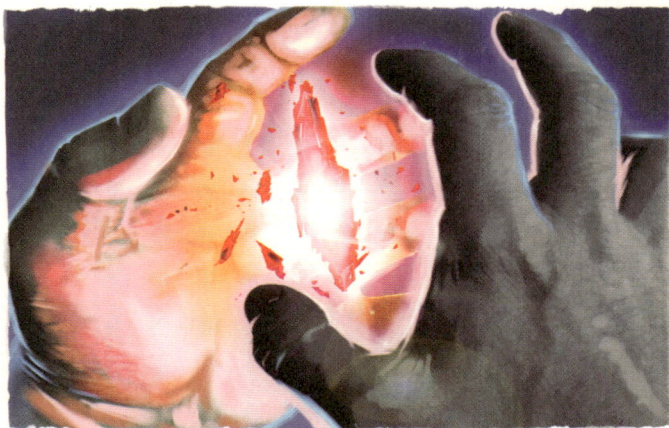

Qvos

En esto se han convertido los Jedi: en frágiles y decrépitos.

AQUÍ SE ESTÁ RETIRANDO LA ESCORIA DE UN CRISTAL SITH FORJADO.

Puesto que este cristal artificial se forja a través de la meditación del lado oscuro, contiene la esencia de tu voluntad. Has de saber que tu hoja roja es muy fuerte y puede romper las hojas verdes y azules de los Jedi. Resultados como éstos demuestran que el individuo puede superar cualquier cosa de las que se encuentran en la naturaleza.

LAS ESPADAS LÁSER SON PRODUCTO DE LA MECÁNICA, PERO CREO QUE EL USO DE UN CRISTAL NATURAL AYUDA A CONECTARLAS CON LA FUERZA VIVA.

—LUKE

Variantes de la espada láser

El resto de componentes de la espada láser pueden montarse a partir de materiales cotidianos o de metales muy poco comunes. No importa demasiado, siempre y cuando el corazón cristalino haya sido forjado por tu voluntad. Los demás elementos (una célula de energía, una matriz emisora y un anillo magnético de emisión o lente de enfoque) se colocan alrededor del cristal rojo dentro de la empuñadura. El cristal es especial, pero las demás piezas pueden reemplazarse. Úsalas, cámbialas, pero asegúrate siempre de que el cristal y la hoja se mantienen fuertes y brillantes.

Dependiendo del estilo de lucha que elijas, podrás incorporar innovaciones a la empuñadura de tu espada láser que te serán de ayuda. Que no te importe la ceremonia, sólo los resultados. Si una novedad funciona, no dudes en usarla. Si resulta ser superflua, deshazte de ella de inmediato.

> **Bloqueo de hoja:** una pequeña incisión que se añade junto al activador permitirá dejar la hoja extendida aunque el sable abandone tu mano. Es útil a la hora de lanzarlo, pero puede resultar peligroso si te lo arrancan de las manos o si lo sacuden con un empujón de la Fuerza.

SI BLOQUEAS LA HOJA EXTENDIDA, LA ESPADA LÁSER SE CONVIERTE EN UNA JABALINA.

Empuñadura sensible a la presión: esta personalización sustituye al activador y garantiza que la espada láser sólo se activará al agarrar la empuñadura. Si alineas el mango sensible a la presión con tu bilogía única, sólo tú podrás activarla.

Activación mediante la Fuerza: con esta configuración el circuito que conecta la célula de energía con el cristal sólo puede completarse con tu energía mental. Sólo tú podrás empuñar esta espada láser, pero si tu atención oscila durante la lucha, la hoja se puede apagar.

Empuñadura beskar: el beskar, también conocido como acero mandaloriano, es resistente a los golpes de la espada láser. Este material es muy escaso, pero si decides incorporarlo al diseño de tu empuñadura, podrás utilizarla para interceptar una hoja Jedi.

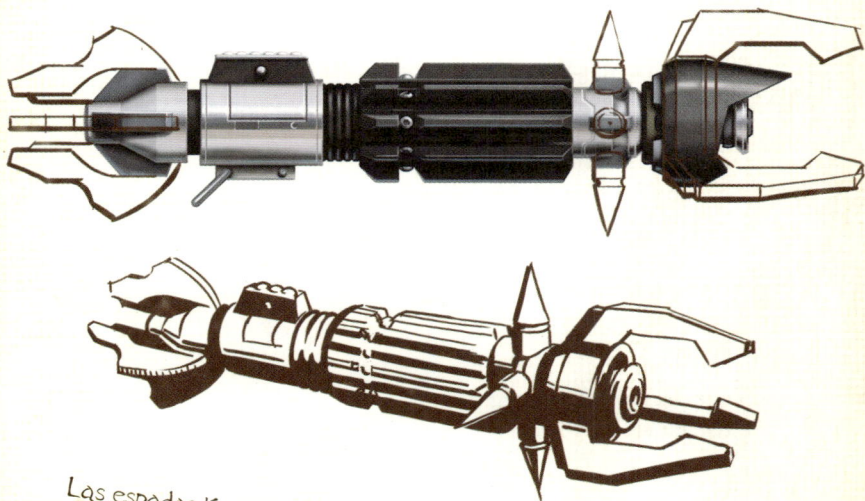

El combate con espada láser

Los Jedi enseñan seis formas de combate con espada láser. Resulta excesivo y una pérdida de tiempo. Un lord Sith no tiene necesidad de estudiar ninguna forma que no canalice su agresividad. Cualquier batalla debería terminar rápido. En todo momento, uno debería estar valorando la forma de despachar a su oponente; elige el método más directo.

Hay dos formas clave de combate con espada láser que todo Sith debe dominar: el estilo *Fuerte* y el estilo *Rápido*. En este último destaca el juego de pies, la rapidez, la precisión y las acrobacias. Con algunas excepciones (como es el caso de las tácticas de mi propio aprendiz), el estilo *Rápido* no suele ser el más adecuado para un Sith. El lado oscuro nos aporta fuerza, y debemos usarla. El odio nos hace poderosos.

El estilo Fuerte se expresa como *djem so*, una antigua filosofía que requiere que combines tu peso corporal y tu fuerza muscular con la

EL ESTILO *FUERTE* SÓLO ES APTO PARA LOS PODEROSOS.

vigorizante droga de la ira para que la ejecución de tus mandobles tenga al golpear la fuerza suficiente para romper una armadura.

Cuando se emplea para la defensa, *djem so* vuelve el ataque del atacante en su contra. Si rechazas una espada en un ángulo vulnerable, atraerá a tu contrincante <u>lo bastante cerca para que le rajes en canal o le golpees con el codo en la cara.</u> Rechazar un ataque con la espada también atraerá a tu enemigo a un bloqueo de espadas que podrás ganar con facilidad con la fuerza de tus brazos y el poder de tu odio.

Otra faceta de la defensa del estilo *Fuerte* es *shien*, o desvío del fuego de las armas. Cuando se usa esta defensa, algunos prefieren sostener la empuñadura de la espada láser a la inversa. El *shien* Sith debería ser una medida temporal, es decir emplearse el tiempo justo para acortar la distancia con tu oponente o para recuperarte tras haber matado a un enemigo y mientras buscas a tu siguiente objetivo. El hecho de redirigir los rayos de vuelta a tus enemigos puede ser útil, pero ten en cuenta que esta táctica malgasta tu pericia física.

Toda situación o estilo de combate se puede favorecer con el uso de <u>*dun möch*</u>. Esta táctica emplea burlas y ataques verbales que debilitan la voluntad de tu enemigo. Sólo hacen falta unas pocas palabras para poner de manifiesto la falta de confianza en sí mismo de tu rival y dejarle expuesto a la manipulación.

Dun möch puede volverse en nuestra contra si provoca en el enemigo una ira ciega. Pero la rabia hace al enemigo permeable al lado oscuro, algo a lo que se le puede sacar partido.

El maestro Drallig enseña esta forma, y creo que el maestro Windu también inventó una variante. Él la llama *Vaapad*, igual que el instructor Sith de Bane. ¿Será el maestro Windu un...? Imposible. De todas formas lo investigaré. Q*vos*

Existe un tercer estilo, aunque es extremadamente difícil. Se trata del *Juyo*, como lo llamaba mi maestro de espadas para que nadie le entendiera, *Vaapad*. Es un estilo que los Jedi han prohibido por necedad. La clave de este estilo es la misma que la de nuestra creencia básica: <u>la emoción, no la paz, conduce a la victoria.</u> Con *Juyo* debes entregarte a lo que sientes en el fragor de la batalla: odio por tus enemigos, rabia hacia sus actos y miedo a que sean ellos quienes salgan victoriosos. Miedo, sí. Es estúpido ocultar esta emoción detrás del orgullo. El miedo a la muerte, el miedo a la pérdida y el miedo al caos son motivadores elementales. El miedo puede alimentarte y darte fuerzas.

Juyo se basa en golpes rápidos y ataques impredecibles, pero no harás tuyo este estilo a menos que tus emociones agudicen tus sentidos y ensalcen tus habilidades; sin embargo, no sucumbas del todo a tus emociones. Eres un lord Sith, no un animal. Cuando fijes un objetivo y luches a través del túnel de la ira, experimentarás la trascendencia. En ese momento eres un ser perfecto y no puedes ser derrotado; por fin te has fundido en un abrazo con *Juyo*.

A menos que superen de forma aplastante a un enemigo de inmediato, la mayoría de lores Sith acabarán por perder en un duelo de espadas láser. Sin la paz no puedes mantener la mente despejada. Sin la paz, olvidas la técnica. —LUKE

JUYO ES EL DOMINIO DEL CONTROL, NO LA PÉRDIDA DE ÉSTE.

El uso de la espada láser de doble hoja

La espada láser de doble hoja, o bastón láser, ha sido un arma Sith desde los tiempos de Exar Kun. Estudié con el maestro de espadas Kas'im y aprendí sus secretos. Es un arma difícil.

El bastón láser se puede construir en una sola pieza o puede estar formado simplemente por dos empuñaduras de espada láser unidas, que se pueden separar en dos para el combate a dos manos. Es mejor utilizarla con movimientos amplios y prolongados, manteniendo siempre la empuñadura cerca del cuerpo. Requiere una postura firme y manejar la empuñadura con las dos manos. Es fácil que los novatos resulten heridos durante la instrucción con esta arma, lo que sacará a la luz los fallos en sus técnicas. El castigo puede ser un gran maestro.

¿Cómo que un arma Sith? Los Jedi las usan siempre, como el maestro Gelleric y... Está bien, sólo él. Quizá sí que sea un arma Sith. Qvos

LA ESPADA LÁSER DE DOBLE HOJA
CON LAS EMPUÑADURAS SEPARADAS Y UNIDAS.

ES un arma Sith, pero se trata de un arma apta para los bárbaros que hay entre nosotros

85

No te engañes pensando que hay dos hojas. Las hojas están conectadas. Si conoces la posición de una, conoces la posición de la otra, pero mientras ambas están en movimiento, puedes optar por apagar una y sorprender a tu enemigo con una estocada o un contraataque veloz.

El bastón láser es ideal para derrotar a múltiples oponentes y para defenderse del fuego de los disparos. La amplia barrera energética que se crea al hacer molinetes con un bastón láser es impenetrable en manos de un lord Sith bien instruido, uno que posea la habilidad precognitiva de sentir el momento adecuado y el vector de una amenaza, pero este tipo de barreras de defensa sólo deben utilizarse de forma temporal, mientras acortas distancias con tu atacante y te preparas para asestar un golpe mortal.

EN LAS MANOS ADECUADAS, EL BASTÓN LÁSER ES EL DOBLE DE PELIGROSO QUE UNA ESPADA LÁSER NORMAL.

No pienses que debes aprenderlo todo de tu maestro, o que toda la instrucción de tu aprendiz es responsabilidad tuya. La Guardia Nova de Ailon, los Nitko Morgukai y los Derviches Seyugi han elevado el combate a la categoría de arte. Contrata a aquellos que demuestren ser útiles para tu instrucción en combate u ofréceles empleo como asesinos o guardias. Entre sus miembros, busca a aquellos que puedan ser sensibles a la Fuerza; podrían convertirse en tus acólitos o en un rebaño del que podrás sacar tu siguiente aprendiz. No obstante, si aprenden de nosotros más de lo que te sientes cómodo compartiendo, mátalos.

La armadura Sith

De la guerra contra los Jedi nacieron grandes avances en el combate personal en ambos bandos. Los armeros mejoraron sus equipos constantemente, pero la tecnología de las espadas láser siguió siendo la misma. Al finalizar la guerra, un padawan Jedi con una armadura de pies a cabeza podía hacer frente a un merodeador Sith y sobrevivir al primer intercambio. Para ponerse una armadura hay que entender dos cosas: cómo matar a un oponente que lleve armadura y cómo usar la armadura para protegerte del contraataque. Lo primero se aprende a base de adiestramiento en combate. Lo segundo requiere saber qué materiales pueden soportar un golpe de espada láser y permitir a su vez al que los lleva cierta libertad de movimientos.

Si estás acostumbrado a practicar sin armadura, es mejor que empieces por el **tejido blindado**. Este material incorpora una red metálica ligera que mantiene la flexibilidad de la tela. El tejido blindado puede distribuirse para formar piezas de armadura de tela, o se puede llevar como una capa. Protege del ácido y de las llamas. Puede amortiguar la energía de los rayos de plasma, aunque no su impacto cinético. El estoque de una espada láser puede atravesar el tejido blindado, pero te permitirá permanecer indiferente a los golpes asestados con el filo de una hoja.

El **Beskar'kandar** es una coraza hecha de acero mandaloriano. Aunque es prácticamente invulnerable a la espada láser, es muy pesada y el que la lleva debe utilizar el estilo *Fuerte* o *djem so* para combatir.

La **armadura oscura** es exclusiva de los Sith; es una coraza infundida con una

El cortosis es otro mineral que protege de la espada láser, pero para mí, la armadura te aleja de las sensaciones y de la percepción de la batalla. Prefiero mucho más luchar sin coraza.

—LUKE

La armadura oscura de lord Eradicus, escudero de Darth Ruin.

esencia del lado oscuro mediante alquimia Sith. Estos trajes, antaño muy poco frecuentes, salían en grandes cantidades de los talleres de los armeros Sith durante la última guerra. Muchos se convirtieron en el botín de los carroñeros de los campos de batalla. Las armaduras oscuras se pueden encontrar casi con total seguridad en el mercado negro de los bajos fondos. Si encontramos una, debemos hacernos con ella, y aquellos que intentan sacar provecho de nuestro legado deben ser eliminados.

Las conchas de orbalisks también resisten los envites de las espadas láser, y con ellas se puede hacer una buena cota de armas. Yo mismo he probado esta extravagante cubierta protectora. Estos parásitos crecen en las tumbas de Dxun. Si se ponen sobre la piel, se adhieren, se alimentan de la energía de la Fuerza y liberan adrenalina. Una vez adheridos son casi imposibles de extraer.

La protección que ofrece una armadura se puede aumentar llevando un escudo en la mano libre. Un escudo de beskar pulido también se puede emplear como arma de impacto. Los cantos se pueden afilar hasta que corten como cuchillas y se pueden usar para cortar o matar.

Los orbalisks torturan a sus anfitriones con una agonía constante. Un sutyo al fue advertí como adepto del lado oscuro no pudo soportar el dolor. Inútil.

89

El combate del lado oscuro

Eres un lord Sith, no un simple luchador que sabe empuñar una espada. La Fuerza te ha dado las herramientas para derrotar a tus enemigos. En combate, el lado oscuro hormiguea bajo tu piel y electrifica el aire que te rodea. Si fracasas y no lo canalizas en estos momentos, no eres digno del título de Sith.

Existen tres escuelas, o enfoques, de combate con la Fuerza que canalizan el lado oscuro: Ofensa, Cuerpo y Mente. Estudia las tres, aprende cuál emplear en el fragor de la batalla y transmite tus nuevos conocimientos a tu aprendiz. Nada de esto es para que te lo guardes en beneficio propio. Recuerda, la Orden Sith es más importante que un lord Sith.

La Ofensa engloba las habilidades de la Fuerza con aplicaciones dinámicas e inmediatas para el combate con espada láser. Todas requieren relativamente poco esfuerzo, así que se pueden aplicar con facilidad en cualquier momento. Piensa que la Ofensa es una daga que te reservas para asestar el golpe de gracia. Las habilidades de la Ofensa son las siguientes:

Empujón: una ola cinética que emerge de nuestras manos o de nuestra cabeza y que puede hacer perder el equilibrio a un enemigo o dispersar un grupo en todas direcciones.

Agarre de Fuerza: un apretón telecinético que, cuando se enfoca al cuello de un enemigo, puede bloquear las vías respiratorias y romper vértebras. Requiere más concentración que el Empujón y una mano libre con la que ejercer el control. El cuello es un objetivo fácil por su delicada vulnerabilidad, pero los usuarios más experimentados del Agarre de Fuerza pueden aplastar un cuerpo entero, con armadura y todo.

Un verdadero maestro de este arte puede reventar el tanque de combustible de un AT-ST o colapsar el casco de un crucero estelar.

Una técnica defensiva fuerte y no necesariamente propia del lado oscuro. Derribar al oponente siempre es mejor que herirlo.

—LUKE

EL AGARRE DE FUERZA PUEDE LEVANTAR DEL SUELO AL ENEMIGO.

Inercia: una amplificación del impulso de tu cuerpo que usa la Fuerza para redirigir lo que parece una carga lenta en un salto con gancho, lo que puede sorprender a tu enemigo al hacer impredecibles tus movimientos.

Ceguera: una explosión de energía de la Fuerza que satura el nervio óptico del enemigo y causa ceguera temporal.

Lanzamiento: una técnica de la Fuerza en la que puedes controlar la trayectoria de tu espada láser al lanzarla. Puedes hacer que haga molinetes por entre un grupo de emboscados antes de hacerla regresar a tu mano. Con práctica y perfeccionamiento, esta táctica puede usarse para controlar y acelerar cualquier objeto lanzado, como una piedra o un detonador térmico.

Imposible. Esto tengo que probarlo.

Vale, ya lo he probado y me he dislocado el hombro.

Qvos

La segunda escuela o enfoque, el Cuerpo, engloba aquellas habilidades que se derivan de la Fuerza viva. Emanan de nuestras propias células y afectan a la estructura física de los demás. Por este motivo, cualquier extremidad ciborg o mejora artificial dificultará tu habilidad para conjurar los efectos del Cuerpo. No es un fracaso tuyo; es una ley de la Fuerza viva. Las exigencias del lado oscuro pueden tener efectos devastadores sobre la carne, pero afortunadamente es posible equilibrar la balanza mediante la extracción de la vida de otro para revitalizar la tuya.

Rayo Sith: un arma que forma rayos eléctricos en la punta de tus dedos. Es una encarnación de tu ira que puede atacar el corazón de tu enemigo. Los rayos cubren la piel y envían oleadas de dolor que atraviesan los órganos internos. La exposición continuada carbonizará la carne, calcificará el esqueleto y parará el corazón.

Convección: una concentración de energía de la Fuerza que puede hacer que tus puños estén calientes al tacto, e incluso elevar su temperatura hasta que quemen, pero sin causarte heridas de importancia. El golpear a un enemigo con estos puños puede provocar que le salgan ampollas y le arda la ropa.

Criocinesis: una forma de extraer la esencia de la intensidad vital ajena que deja atrás un cadáver cubierto de escarcha. Aunque esta táctica normalmente provoca una hemorragia por aumento de temperatura en otro ser, es imposible canalizar esa vitalidad para tu propio uso.

LAS TÁCTICAS SITH CAUSAN TANTO DAÑO AL QUE LAS EMPLEA COMO A LA VÍCTIMA. EL LADO OSCURO CORROMPE TODO LO QUE TOCA. ES DIFÍCIL ENTENDER POR QUÉ LA GENTE, A PESAR DE SABERLO, ELIGE ESTE CAMINO DE TODAS FORMAS. —LUKE

Objetivos neutralizados mediante la Convección, el Rayo Sith y la Criocinesis.

Extracción de la Vida: un procedimiento delicado que debilita poco a poco la energía vital ajena y la canaliza directamente a tu propia esencia. Es extremadamente difícil de realizar en combate y procede de las enseñanzas de Zelashiel el Blasfemo, en el holocrón de Darth Revan.

Campo de la Muerte: una concentración imparable de energía del lado oscuro que se proyecta de tu espíritu físico en forma de esfera. Todo ser vivo que penetre en el campo se marchitará y se convertirá en polvo. A pesar de que lo mantiene tu voluntad, intentará consumirte a ti también.

La tercera escuela o enfoque, la Mente, comprende aquellas habilidades que derivan de la Fuerza unificadora. Éstas operan en un plano distinto al físico; existen en el reino del pensamiento y de la memoria.

Las disciplinas de la Mente requieren una concentración intensa y agotan la mente. La fuerza física no te servirá de nada, sólo la claridad psíquica.

Esquirla Mental: una astilla de dolor físico arrojada violentamente desde tu subconsciente al cerebro de tu enemigo. Si tu ataque tiene éxito, la intensa agonía dejará a tu oponente vulnerable para una estocada de espada láser. Puede ser complicado establecer un canal hacia su mente, pero tus probabilidades de tener éxito aumentarán si la empleas junto con las burlas verbales de *dun möch*.

Paseo por los Recuerdos: un enlace que puede abrir la mente de tu enemigo y permite forzarle a revivir recuerdos trágicos o humillantes y a sacar capas de vergüenza. Si se emplea de forma continuada en el tiempo, el Paseo por los Recuerdos puede ser un método de interrogación muy sofisticado. La técnica fue robada al Gremio de Vengadores, cuyos seguidores se esmeran en sacar a la luz los pecados de los demás.

UNA ESQUIRLA MENTAL TIENE COMO OBJETIVO LAS INSEGURIDADES Y LAS DUDAS
DE TU ENEMIGO PARA LUEGO HACER AÑICOS SU VOLUNTAD.

Para inducir HORROR sólo necesitas confrontar a tu víctima con una visión del infinito.

Odio: un método para concentrar tu fuego interno de forma que se pueda cebar con indignación, asco y miedo hasta que arda con intensidad incandescente. Cuando la liberes, irradiarás odio en ondas palpables que pueden dejar otras mentes catatónicas.

Horror: una simple manipulación mental que puede hacer aumentar el miedo en la mente ajena. Al amplificar esta emoción primaria, puedes desencadenar el horror y, tarde o temprano, la locura. Un objetivo afectado estará demasiado aterrorizado para ofrecer la más mínima resistencia.

Crucitorn: una técnica que hace posible distanciar la mente de sensaciones desagradables. El secreto para superar un dolor físico insoportable yace en lo no físico. Un maestro de esta técnica puede soportar cualquier tortura y resistir cualquier herida.

¡Creía que era una técnica Jedi! Al menos eso es lo que me dijo el maestro Koth.

Qvos

PODER SALVAJE

DE LA MADRE TALZIN

LOS ESCRITOS DE LAS HERMANAS DE LA NOCHE

Hermanas mías, la galaxia tiene constancia de nosotras, y los poderosos pagarán por nuestro servicio. Nuestras habilidades son superiores y han sido perfeccionadas con las bestias salvajes de Dathomir.

Las más hábiles de entre de nosotras dejarán este mundo para ejercer de guardaespaldas y cazadoras de aquellos que requieran este servicio. Esto traerá prosperidad a vuestras Hermanas y os cubrirá de honor a vosotras.

Sin embargo, durante vuestra estancia lejos de aquí, no debéis olvidar lo que Dathomir os ha dado. Mientras que el espacio es frío y está vacío, los bosques de Dathomir son ricos y exuberantes. Quizá pasen años antes de vuestro regreso, así que no olvidéis nunca el lugar que os dio la vida y os crió; siempre seréis Hermanas de la Noche.

Entre las numerosas especies de la galaxia encontraréis numerosas creencias; casi todas afirmarán ser la única y verdadera. No todas estas doctrinas contradictorias pueden ser ciertas; por lo tanto, NINGUNA lo es. Ese descubrimiento reafirmará la magia salvaje de las Hijas de Allya. Nuestro chamanismo satura la galaxia e influye en otras tradiciones, incluso aunque sus practicantes no sean conscientes de ello. Fluye de un solo afluente: el tejido de la vida de Dathomir.

He ejercido tanto de chamán como de madre del clan de nuestra Hermandad de la Noche durante muchos años. Muchas de vosotras sólo me habéis conocido a mí en ese cargo. A través de mis manos y de mis ojos, los espíritus se han mantenido dueños de este mundo. Es una verdad fundamental para las Hermanas de la Noche que el plano espiritual existe en paralelo al nuestro. Lo habitan las esencias de los animales, las fuerzas de la naturaleza y nuestros propios antepasados, y lo rigen las manifestaciones de la energía femenina y masculina.

Los espíritus concedieron la fertilidad a nuestra tribu y nos visitan cuando la enfermedad y la muerte acechan a una de nuestras Hermanas, así como para reclamar los espíritus de aquellas que han caído. No obstante, sólo aquí, en Dathomir, los dos reinos están lo bastante cerca como para que podamos ver sus formas, y sólo aquí existe un intermediario que actúa en nombre de la tribu. Un chamán de la Hermandad de la Noche puede atravesar los valles de la muerte y del sueño para transmitir mensajes entre los mundos físico y espiritual.

UNA CHAMÁN POSEE UNA VISTA QUE LE PERMITE PERCIBIR DOS MUNDOS A LA VEZ.

Mi maestro, Ky Narec, no creía en los espíritus, ni tampoco el conde Dooku ni el pueblo de Rattatak. En mi afán por convertirme en algo distinto a lo que soy me temo que he olvidado la verdad de mi infancia. Ventress

Los espíritus me visitaron por primera vez mientras yacía temblando y muerta de frío, presa de una enfermedad mortal, mientras daba a luz a mi primera hija. Fue en aquel momento, suspendida entre la vida y la muerte, y bañada por la luz de las cuatro lunas de Dathomir, cuando vi con claridad los paisajes a juego de los dos reinos. Fue entonces cuando comprendí cómo los seres vivos son sólo sombras físicas de sus espíritus y que esos espíritus siguen vivos una vez que la carne ha sido desechada.

LOS ESPÍRITUS NOS CONCEDIERON SU FAVOR Y SU PROTECCIÓN.

Superé el reto. Los espíritus me devolvieron la salud y me convertí de buena gana en su mensajera. Los espíritus tiran de los pliegues de mi túnica cuando camino y resuenan bajo mi voz cuando hablo. Estos escritos no son sólo mis palabras sino las órdenes de los espíritus. ¡Desafía mi autoridad y estarás desafiando a la vida misma!

PASÉ MUCHO TIEMPO ENTRE LAS BRUJAS DE DATHOMIR, PERO NUNCA REUNÍ TANTA INFORMACIÓN COMO AHORA SOBRE LA RELIGIÓN DE LAS HERMANAS DE LA NOCHE. VENDEN SU TALENTO AL MEJOR POSTOR, PERO ESO NO IMPLICA QUE SEAN MENOS DEVOTAS A SU DOCTRINA DE BASE ESPIRITUAL. —LUCE

LA FUERZA VIVA
Y EL LADO OSCURO

Otros grupos, como los Jedi y los Sith, usan términos extraños y fríos para describir la obra de los espíritus. Hablan de la Fuerza unificadora y de la Fuerza viva; del lado luminoso y del lado oscuro. Debemos perdonar su ignorancia, pues no son chamanes de Dathomir. Sus líderes no pueden entender tales conceptos sin haber pasado una prueba como la que pasé yo.

No hay necesidad de dividir lo que ellos llaman la Fuerza viva de la Fuerza unificadora. Ambas son manifestaciones de las Deidades Gemelas y ambas están llenas, rebosantes, de vida y energía. Esta clasificación del lado luminoso y del lado oscuro también va mal encaminada. ¿Es malo matar? Aquellos que respondan afirmativamente, ¿estarían satisfechos si los depredadores murieran de hambre para que los herbívoros pudieran desnudar la tierra sin oposición únicamente para morir entre la hambruna? ¿Es ésta la utopía sin sangre con la que sueñan los puritanos Jedi?

Aquello que los Jedi denominan el lado oscuro, las Hermanas de la Noche sabemos que es la esencia de la vida. Incluso algunos de nuestros clanes de brujas han cometido el mismo error que los Jedi, al ignorar las voces de aquellos espíritus que piden sangren y tacharlos de malvados. Mis hermanas, no os preocupéis por el lado oscuro ni por el lado luminoso. ¡Ésas son palabras de extranjeros!

Nuestras capacidades son un don de los espíritus. La Diosa Alada y el Dios Acolmillado nos concedieron las energías pasiva y agresiva que animan a toda criatura y le permiten respirar. ¿Elegirías negarte a ti misma? No limites tu propósito por obedecer reglas artificiales.

Esta comparación es falsa. Existe la muerte en la naturaleza, pero también existe el equilibrio. El error del lado oscuro es que conduce a la acumulación egoísta de poder. Este desequilibrio perjudica a millones. —LUKE

Las Hermanas de la Noche nunca consiguieron poder galáctico porque no se comprometieron con una única senda. Al negarse a poner nombre al lado oscuro, no pudieron entregarse a él por completo y nunca pudieron conseguir auténtico poder.

La historia de Dathomir

¿Cómo sabemos que nuestro mundo natal es único entre todos los planetas de cosmos? Yo tengo ojos de chamán y he visto la prueba. He visto a los espíritus viajar de un reino a otro con una humeante correa atada a nuestros bosques. Si repasas los relatos de los forasteros, sólo encontrarás confirmación a mis palabras. A lo largo de la historia, desde que tenemos conciencia de ella, las grandes civilizaciones siempre se han sentido atraídas hacia Dathomir.

Las manadas de rhoa kwi que cazan en los lindes pelados de las minas de alquitrán son los descendientes primitivos de unos seres inteligentes llamados Kwa que antaño gozaban del favor de los espíritus. Los Kwa construyeron las Puertas del Infinito para viajar a otras estrellas, pero sus máquinas crearon vacíos antinaturales que provocaron daños a Dathomir. Enfadados, los espíritus convocaron al Imperio Rakata para que derrocara a los Kwa. Los espíritus obligaron a los Kwa a regresar a su condición animal para que nunca volvieran a interactuar con la tecnología.

RUINAS DE LA PUERTA DEL INFINITO EN EL PICO DE KOROTAS.

Las Puertas del Infinito están latentes, pero siguen operativas. Un grupo de Hermanas de la Noche intentó activarlas antes de las guerras Clon. Mi Imperio debe apoderarse de esta tecnología y trazar un mapa de la extensión de esta red de teletransporte de los Kwa.

A lo largo de los milenios, los espíritus llamaron a muchos otros grupos a Dathomir para sus propios fines. Los Paecianos llegaron, construyeron sus hogares y tuvieron muchos hijos, como los Sith. Reconocieron el poder bruto de Dathomir, pero no pudieron percibir su verdadera forma.

Muchos años después de que los Sith abandonaran sus academias en Dathomir, los Jedi exiliaron a uno de los suyos a este mundo. La conocéis como Allya, madre de todas las brujas. Allya gozaba del favor de los espíritus, y sus hijas se convirtieron en las primeras artesanas de la magia de la voluntad de los espíritus.

LA LLEGADA DE LA MADRE ALLYA A DATHOMIR.

Centurias más tarde, los Jedi volvieron. Su gran nave de entrenamiento, la Chu'unthor, fue llamada a nuestras orillas y los Jedi que vinieron a recuperarla no pudieron igualar nuestra fuerza. Incluso su maestro, Yoda, el más fuerte de todos los Jedi, tuvo que renunciar a la nave y huir.

Pocos visitantes han llegado a Dathomir desde entonces, pero las Hermanas de la Noche se esparcieron por la galaxia después de que yo unificara los clanes tras la derrota de la madre Zalem. Al cumplir misiones y prestar servicio a terceros, estamos haciendo a la galaxia consciente de nuestro modo de vida y haciendo cumplir la voluntad de los espíritus.

De niña me entregaron al criminal Hal'sted.
¿Era ésa la voluntad de los espíritus, madre?
A menudo he tenido mis dudas.

Ventress

He oído la historia, pero de forma distinta. Yoda negoció una tregua con la madre Rell y dejó los restos de la nave en paz. Y la madre Rell no era para nada una Hermana de la Noche. –LUKE

LA HISTORIA DE LAS
HERMANAS DE LA NOCHE

Nacer en Dathomir es una bendición ... y una responsabilidad. Somos las favoritas de los espíritus y se espera mucho de nosotras. No debemos mancillar nuestro mundo con la contaminación tecnológica. Debemos obedecer a las madres de nuestro clan y a las chamanes. Debemos reverenciar los rituales que unen los reinos físico y espiritual. Con estos mandatos tan simples resulta decepcionante que tantas brujas no hayan sido capaces de obedecerlos.

Los escritos de Allya enseñan que quienes eligen la ignorancia nunca conocerán la grandeza y que quienes temen a la muerte nunca lograrán el poder. Sin embargo, tras la muerte de Allya, algunas de sus hijas, quizá debilitadas por la sangre Jedi que corría por sus venas, añadieron a las palabras de Allya conceptos como «el bien» y «el mal». Clamaron que Allya había adoptado esta blasfemia durante los últimos momentos de su vida. Estas brujas llamaron al texto modificado *El libro de la ley*.

Aquellas que rechazaron el texto modificado y se mantuvieron fieles a las palabras puras de Allya se convirtieron en las primeras Hermanas de la Noche. Nuestras antecesoras fueron expulsadas de sus clanes de origen por sus creencias, pero entre ellas readaptaron el texto a la doctrina original de Allya, al equilibrio del reino físico y del reino espiritual. Titularon al volumen *El libro de las sombras*. En el pasado coexistían clanes rivales de Hermanas de la Noche, cada uno liderado por una madre del clan y una chamán (excepto en los casos en que las dos funciones las ejercía una misma persona), pero yo he unido a mis beligerantes hermanas en un solo grupo.

Tengo planeado construir una base imperial orbitaria sobre Dathomir y una prisión en su superficie. Será curioso ver qué harán las Hermanas de la Noche. Tendré que retenerlas si intentan escapar de su celda.

LOS ESPÍRITUS HABLAN A TRAVÉS DE LA MADRE DEL CLAN
Y REVELAN LA SABIDURÍA DE *EL LIBRO DE LAS SOMBRAS*.

Toda bruja de Dathomir sabe que los machos carecen de la habilidad que poseen las hembras para equilibrar las llamadas gemelas de la Diosa Alada y del Dios Acolmillado. Los machos son más simples, más parecidos a las bestias. Nosotras honramos a nuestros Hermanos de la Noche, pero en nuestro clan reconocemos que sirven mejor a los espíritus cuando se les mantiene aislados. En el pasado, otros clanes integraron a los machos como siervos o esclavos, pero a nuestros Hermanos de la Noche los mantenemos separados hasta que se les convoca. En su complejo, tienden a adoptar una estructura similar a la manada y canalizan su energía viril en entrenarse para la lucha.

Los Hermanos de la Noche son luchadores aceptables, pero el aislamiento no es bueno para ellos. Podrían aprender mucho más bajo la tutela directa de las Hermanas de la Noche. Ventress

La Diosa Alada

Sólo una chamán como la Madre Talzin puede crear objetos a partir del espíritu. Yo lo intenté y fracasé. Aquellos capaces de emplear este arte nunca podrán ser desarmados. —Ventress

En el reino de los espíritus, la Diosa Alada aparece como un grifo blanco cegador. Ella rige la fertilidad y el crecimiento y actúa como mediadora para reconciliar partes heridas. Sabe todo lo acontecido y todo lo que aún está por venir.

Canalizar a la Diosa Alada permite llevar grandes cantidades de icor de espíritu al reino físico. Este icor parece humo verde, pero puede dársele forma física y masa, y una chamán bien dotada, como yo misma, lo puede manipular mediante conjuros.

Una chamán experimentada puede conjurar objetos a partir de icor de espíritu en bruto. El objeto conjurado dura para siempre y puede adoptar muchas formas, como la de una lanza de caza o la de una copa de raíz negra hervida. La adivinación y la predicción del porvenir se consiguen dándole al icor de espíritu forma de esfera y mirando en sus profundidades. La adivinación o sombra del corazón, trae visiones de posibles futuros. Mediante este arte he conocido la caída de imperios aún por llegar y he sabido cómo proteger a las Hermanas de la Noche de quienes aspiraban a explotarnos.

A la hora de realizar un conjuro, el icor de espíritu puede transformarse en las aguas de la vida y utilizarse para sanar heridas o recuperar recuerdos. Cuando se usa con otras practicantes que cantan encantamientos, puedo canalizar el icor para que rejuvenezca a los moribundos persuadiendo a su espíritu herido para que salga de la hibernación.

El mesmerismo es otro de los dones que ofrece el icor de espíritu. Este poder permite a la chamán interrumpir los pensamientos de aquellos más débiles que ella, sobre todo en los hombres y en los seres de otros mundos. Basta con tocar con el dedo a la víctima en la frente para inducir un estado similar a un trance y hacer a la víctima incapaz de rechazar tus órdenes.

El poder ver el futuro es un aspecto de la Fuerza unificadora, pero toda me advirtió que el futuro está siempre cambiando. Tenemos el poder de crear nuestro propio destino.

—Luke

UNA HEBRA PURA DE ICOR DE ESPÍRITU, SACADA DIRECTAMENTE DEL OTRO REINO.

Otra forma de control se consigue haciendo una pequeña estatua de la víctima, mezclando un mechón de pelo y una marmita turbia llena hasta el borde con las aguas de la vida. Esta tosca figura se puede luego apuñalar con agujas de madera o debilitar con una bocanada de miasma. Cualquier daño infligido a la estatua lo sentirá la víctima a la que se parece, pero todo tiene un coste. El esfuerzo que le requiere al chamán convocar esas cantidades de icor puede ser agotador.

No deseo molestar a la Diosa Alada con un sinfín de súplicas, pero en tiempos de grandes tribulaciones he usado la conexión de chamán para invocar directamente a los espíritus. Cuando la llamada tiene éxito, los espectros de guerreros de hace siglos aparecen refulgentes. Anunciados por una ráfaga de viento, cargarán contra un objetivo mientras lanzan un alarido que sale de todas direcciones a la vez.

El Dios Acolmillado

El Dios Acolmillado aparece como una gárgola negra como la noche en el reino de los espíritus. Rige la virilidad y la caza. También transmite olores, sonidos y sabores. Es el homólogo de la Diosa Alada y es igual de importante en el gobierno del reino de los espíritus. Como Hermanas de la Noche, bebéis de ambas fuentes y así mantenéis en equilibrio las energías universales.

La magia del Dios Acolmillado es tan poderosa que canalizarla puede hacer estallar vasos sanguíneos menores en nuestro cuerpo físico, así como dejar señales delatoras en las mejillas y alrededor de los ojos. Estas marcas fueron consideradas antaño cicatrices de vergüenza por brujas pasivas que reverenciaban *El libro de la ley*. En realidad son marcas de honor. Nuestra tradición de tatuajes faciales nos hace acreedores de esta historia y anuncia a la galaxia que somos Hermanas de la Noche. Y aunque nuestros Hermanos de la Noche se mantienen separados, están marcados como nuestros congéneres y guerreros con los tatuajes de su pecho y de su cara.

LAS LEALTADES ENTRE CLANES Y LOS TRIUNFOS DE LOS GUERREROS ESTÁN ESCRITOS EN LA PIEL.

Es el Dios Acolmillado el que conjura todos los años la Caza Salvaje cuando las lunas están más brillantes y las nieves se han desvanecido de las laderas de la cordillera Fragmentada. He visto las figuras oscuras de brillantes ojos pálidos galopar por el bosque. He oído sus gritos de caza mientras se llevan a quienes se cruzan en su camino de vuelta a la morada de los jinetes etéreos.

El Dios Acolmillado está siempre cerca de ti. Fluye por la frontera que separa los dos reinos y no precisa demasiado esfuerzo canalizar su magia. Cada vez que peleas o comes o sangras, estás en comunión con el Dios Acolmillado.

De niñas aprendisteis a hablar con los rancor autóctonos de nuestro planeta y a cabalgarlos. El reino más allá de las sombras contiene un único espíritu ur para cada una de las especies animales de la galaxia. Y podéis hacer con los rancor lo mismo que hicisteis con los espíritus ur. Una vez hayáis aprendido la lengua de un espíritu ur en concreto, podréis entender a cualquier criatura de ese tipo. Una vez seáis capaces de comunicaros con la criatura, podréis calmarla. Una vez podáis calmarla, podréis controlarla. Las Hermanas de la Noche más hábiles que estudiaron este arte ocupan el cargo de custodias de las bestias.

UN RANCOR MONTADO, EQUIPADO PARA CRUZAR UN RÍO.

Todas estas habilidades provienen de la Fuerza viva. Es una fuente de energía positiva, pero como todo, se puede llevar a extremos. El perderte en tu naturaleza animal te conducirá al lado oscuro. Sin control es demasiado fácil convertirse en salvaje. —LUKE

Como el Dios Acolmillado rige la caza, está presente durante el rastreo, el sacrificio y el momento en que bebemos la sangre. Puede agudizar nuestra percepción para ponernos tras la presa más escurridiza incluso cuando se está lejos de Dathomir. Es él quien nos regala el rastro de sangre, una técnica en la que pones una gota de tu propia sangre en tu objetivo y usas esa conexión para rastrear a tu presa más allá de las estrellas. Es una técnica que sólo conocen las Hermanas de la Noche.

Con el rastro de sangre es como logré cazar a los señores de la guerra de Rattatak, incluso después de que hubieran rendido sus tronos y se hubieran escondido de mí en sus fortalezas en el exilio. *Ventress*

No son tan distintos a los amuletos Sith, a pesar de lo que predican los de Dathomir. Sin embargo, ninguna de estas habilidades ha sido replicada por un alquimista Sith, al menos que yo sepa. Curioso.

TALISMANES Y TÓTEMS

Como chamán del clan, está en mi poder implorar a los espíritus. Como las Hermanas de la Noche son sus hijas favoritas, es posible que acepten otorgar poder a un receptáculo en el reino físico en el que su esencia permanecerá dormida hasta que sea invocada. Estos receptáculos, convertidos en talismanes y tótems por los chamanes, pueden conservar su poder durante generaciones.

Los talismanes son a menudo gemas engastadas en anillos o en colgantes. Los tótems son objetos tallados que representan a un animal o a una entidad espiritual. Cuando se guardan en una casa, estos objetos bendicen a todos los que cruzan el umbral de esa casa. Quienes se tragan un tótem liberan toda su energía dentro de sí mismos, aunque su omnipotencia durará tan sólo unos instantes. Cuando un espíritu es liberado del objeto, vuelve al mundo de los espíritus y reduce el cuerpo a ceniza.

El talismán de transformación permite al portador cambiar de forma en el reino físico, convertirse en animal y conectar con la esencia del espíritu del animal, por ejemplo. Las Hermanas de la Noche poseen muchos talismanes de transformación: el bolma, el brackaset, el eollu y el pez burra. Una de nuestras hermanas todavía tiene que devolver el Talismán del Cuervo. El talismán de la edad conecta con la naturaleza animal de las personas y restaura brevemente el vigor de la juventud.

UN TALISMÁN DE TRANSFORMACIÓN OBRA SUS CAMBIOS.

Los talismanes de búsqueda tienen forma de brújula y guiarán al usuario hasta cualquier objetivo que haya sido marcado con él. Los talismanes de resurrección pueden traer los espíritus de los muertos de vuelta a sus cuerpos físicos. Sin embargo, es vital recordar que si ha pasado mucho tiempo, sus cuerpos serán poco más que esqueletos fétidos. Por último, los talismanes contra conjuros ofrecen protección contra la magia de otros y redirigen las maldiciones de vuelta a quienes las lanzaron.

Los tótems de los elementos pueden invocar a la noche, a la luz del sol, al humo, al hielo, al fuego, a la arcilla y a la podredumbre de la madera. Son poderosas entidades elementales, así que no siempre acatarán tus órdenes. Los tótems de familiares son más receptivos. Llamarán a un animal a tu lado y lo mantendrán allí mientras estés en posesión del tótem. La bestia que ha acudido a la llamada es bendecida con magia. La energía de estos familiares ayuda a las artesanas a realizar las magias más difíciles.

LAS BESTIAS DE DATHOMIR

Las criaturas vivas de nuestro hogar son demasiado numerosas para nombrarlas a todas. Crean un tejido vital más fuerte que cualquier otro que pueda encontrarse en otros planetas de la galaxia. Eso se debe a que Dathomir es un canal de transmisión al reino de los espíritus y la piedra angular sobre la que se equilibra toda la realidad.

Las Hermanas de la Noche experimentadas pueden canalizar las habilidades de las bestias de Dathomir que no han visto nunca simplemente reconociendo el rastro de sus espíritus. Cuando estés en otros lugares de la galaxia, es fundamental para tu éxito que vuelvas a familiarizarte con nuestros hermanos y hermanas animales con frecuencia. Cuando conozcas su naturaleza, podrás canalizar mejor sus cualidades. La práctica también restablecerá la conexión con el tejido vital si has pasado demasiados días entre las máquinas de los extranjeros, especialmente en ese mausoleo maldito de acero y cristal llamado Coruscant.

El gran rancor es el señor de todas las bestias en Dathomir. Engendrado a partir de la ferocidad del Dios Acolmillado y del instinto de la Diosa Alada, es un fiero luchador que araña con sus garras y desgarra con sus poderosos dientes. Aun así, los rancor son sabios y tiernos con los suyos. Sus brazos les ayudan a moverse por las copas para cazar ruidosos purboles y sus enormes piernas propulsan sus pesadas carreras cuando persiguen a una manada de bolmas. Las Hermanas de la Noche conectan con ellos, hablan con ellos y montan en ellos. Sé como el rancor y mantendrás la autoridad en cualquier confrontación a la que tengas que hacer frente entre extranjeros.

Los encargados encerraron al rancor de Jabba en una mazmorra en la que apenas podía moverse. Estaba medio muerto de hambre. Aunque no tuve elección, todavía siento haber tenido que matarlo. —LUKE

UNO DE LOS PODEROSOS RANCOR DEL RÍO SOÑADOR.

Los drebbin y los ssurrians son también grandes depredadores de Dathomir. Su gruesa piel les permite repeler la mayoría de los irritantes, y otras criaturas han aprendido a huir cuando ven a uno de estos seres por temor a desaparecer de un bocado. Igual que los drebbin y los ssurrians, no tenemos que cambiar o acomodar a aquellos que son más pequeños y débiles que nosotros.

Otras bestias de la naturaleza que no tienen los músculos más poderosos ni las garras más afiladas poseen métodos más astutos para conseguir sus fines. El gusano arteria ataca desde dentro, viaja por el torrente sanguíneo y mata a su anfitrión con una agonía exquisita cuando llega al corazón. El lagarto voritor y la víbora Kodashi cambian tamaño por veneno y anuncian su malevolencia con brillantes colores y vivos dibujos. Recuerda esto cuando adoptes el vestuario, las marcas y las armas de una Hermana de la Noche. Una apariencia intimidante espantará a aquellos que no están totalmente decididos a luchar.

UNA HERMANA DEL VORITOR VIGILA LAS FRONTERAS
DE LAS TIERRAS DE LA HERMANDAD DE LA NOCHE.

Cada vez que comemos la carne de un gusano whuffa o nos vestimos con su piel, se nos recuerda que la vida está conectada. Mira al pájaro gibbit, que limpia los restos de comida de entre los dientes del rancor. El rancor se queda limpio, el pájaro se alimenta y ambas partes salen beneficiadas.

Igual que los animales salvajes, sin importar el tamaño, tú nunca estás indefensa. Las pequeñas amenazas pueden ser mortales. Piensa en la mosca centella, cuya picadura contiene toda la energía del rayo de los cielos. O en el puño-tijera, cuyas garras, una vez clavadas en la piel del atacante, no se pueden extraer nunca. Incluso el poderoso rancor puede ser vencido por el escarabajo esquilador, que puede masticar su piel con sus mandíbulas cubiertas de ácido. No temas a tus enemigos. La vida siempre se abre camino; incluso una <u>muerte brutal y sangrienta no</u> es más que el regreso de tu espíritu al reino más allá de las sombras.

Ha sido duro estar al mando de droides. Se mueven como seres vivos,
pero no tienen presencia en la Fuerza ni tampoco espíritu.

Ventress

Precisamente por este motivo, los seres artificiales
son perfectos para combatir contra los Jedi. ¿Qué
mejor forma de garantizar una guerra de desgaste?

No es excusa. Matar a otro ser
inteligente es pasar por encima de
su voluntad y sólo debería hacerse
cuando no haya otra alternativa.
El destino de un espíritu no debería
tener ninguna importancia en
nuestras decisiones en el presente.

—Luke

El vigor de la naturaleza

En el aire de Dathomir se pueden escuchar los ecos del Dios Acolmillado, desde el sonido de los resollantes moogs ocultos en sus madrigueras a los gritos de los archixes volando en círculo alrededor de sus nidos sobre la montaña Can-arina. Los espíritus ur de los animales son rojos y crudos, pero el espíritu gemelo de las plantas brilla con un verde profundo.

Tú misma eres un animal y todavía formas parte del tejido vital de Dathomir, incluso cuando te encuentres dentro de una nave de metal vacía alrededor de una gélida estrella. Siempre podrás conectar con el poder de los espíritus. Aviva el fuego de tu naturaleza animal y compartirás las habilidades de las bestias.

Los depredadores poseen un grado de alerta del que nosotras carecemos. Al invocar la habilidad conocida como Sentido del Veshet, podrás distinguir olores que el viento transporta a cientos de metros de distancia y podrás ver en la oscuridad incluso cuando las lunas hayan escondido sus caras. Si invocas los Oídos del Chiroptix, escucharás susurros y serás capaz de dibujar imágenes de lugares ocultos a partir de sus sonidos.

Hay bestias que deben ser rápidas y ligeras para evitar a los depredadores y cazar sus presas. Al invocar la Velocidad del Toocha, te imbuirás de cortos períodos de rapidez cegadora y saltos enérgicos capaces de cubrir distancias asombrosas. Ambos pueden ser útiles para escapar o para sorprender. Invocar el Toque del Kiin'Dray da una fuerza implacable a tus manos y pies, lo cual te permitirá escalar un acantilado o sujetar un arma con tal fuerza que nadie te la podrá arrebatar.

El poder de regeneración del whuffa tiene un sirfín de aplicaciones en combate. La Revitalización del Whuffa vivificará tu cuerpo, o si tu voluntad es lo bastante fuerte, permitirá la regeneración de una extremidad amputada. El Grito del Ssurrian puede traer las vibraciones profundas y continuas del grito de caza del gran dragón, así como el grito ensordecedor de su advertencia territorial. Cuando se dirige a un enemigo, la onda sónica le reventará los tímpanos y hará añicos sus dientes.

El Toque del Kiin'Dray.

CRECIDA DE LAS ZARZAS.

En comparación con las esencias animales, los espíritus verdes de las plantas son más tranquilos y pacíficos, aunque no por ello carecen de utilidad. Invocarlos generará el aura tranquila de la meditación o inactivará un veneno una vez haya infectado el torrente sanguíneo. Con la Crecida de las Zarzas podrás llegar al reino espiritual y aprehender la esencia de una planta sésil. Estira y modela la forma física de la planta a tu antojo. Al hacerlo, podrás envolver a tus enemigos con parras o empalarlos con espinas.

Incluso el clima tiene espíritu. Su extensión informe brilla con el azul azabache de los cielos antes del alba. El Aspecto de la Tormenta te permitirá moldear este tejido oscuro para convertirlo en los brillantes hilos blancos del rayo y el relámpago.

Una invocación más profunda traerá vientos que podrán llevarte por los cielos. El aire también puede transportarte por el cielo dentro de una esfera verde de energía, igual que se forma espuma en la caída de la cascada. Con esta burbuja estarás protegida de los enemigos al tiempo que caerán rayos sobre sus cabezas.

La instrucción de un guerrero

Los medios para producir a los mejores guerreros y asesinos de la galaxia están al alcance de tu mano y han cotizado los precios más altos en el mercado galáctico. Nuestras habilidades están dando beneficios. Si has dejado nuestro mundo, que sepas que tu servicio sustenta y valida nuestras tradiciones.

Eres una agente de la Hermandad de la Noche, y más agentes han de seguir tu camino. Si no tienes una misión en este momento, deberías entrenar a otras para que alcancen tu rango. Todas las Hermanas y los Hermanos de la Noche han sido instruidos desde jóvenes en el manejo de nuestras armas: la pica, la maza, la lanza, el hacha y la hoz con cadena. Quienes son dignos de convertirse en guerreros o asesinos deben superar las pruebas para demostrar su pericia. En la arena del Crisol, los candidatos se enfrentan a tres pruebas: las pruebas de la Furia, de la Noche y de la Elevación. Todo aquel que fracase en una prueba será eliminado.

Cuando el premio es ser la servidora de un lord Sith, la eliminación equivale a la muerte.

Vic₮ress

En la Prueba de la Furia, los candidatos deben enfrentarse entre sí, o contra su instructor. Algunos formarán alianzas para obtener ventaja, otros preferirán luchar solos contra todos los contrincantes. Ambas opciones son útiles a la hora de determinar el temperamento para la batalla de un candidato.

No hay cuartel durante la Prueba de la Furia.

LOS LENTOS Y LOS PATOSOS NO PASARÁN LA PRUEBA DE LA ELEVACIÓN.

Cuando las lunas están bajas y se ha ido toda la luz, se puede llevar a cabo la Prueba de la Noche. Los candidatos luchan de forma similar a como lo hacen en la Prueba de la Furia, pero a ciegas. Algunos candidatos pueden mostrar sentidos fuera de lo normal o un don para el sigilo. Algunos incluso pueden mantenerse lo bastante serenos para canalizar los Oídos del Chiroptix.

Durante la Prueba de la Elevación, se activan los pilares móviles del Crisol. Los combatientes no saben dónde poner los pies, es como luchar en arenas movedizas. Los más astutos usarán los bloques de piedra para ponerse a cubierto de emboscadas. Los más agresivos utilizarán la altura para abalanzarse sobre su presa. Los candidatos más hábiles no sólo sobrevivirán al Crisol sino que dominarán las batallas. Éstos son los más aptos para las futuras misiones en mundos lejanos.

Las Hermanas de la Noche son implacables en su entrenamiento. Yo reuní a los Hermanos de la Noche Zabrak más cualificados antes de sitiar Dathomir.

Adiestramiento y transformación

Quienes superan las pruebas del Crisol puede que sean aptos para recibir más formación. Existen tres categorías de habilidades que ofrecemos a nuestros clientes de otros mundos: cazadoras, guerreras, y asesinas de las sombras. Sea cual sea tu papel, siempre debes llevar ropa y complementos que te identifiquen como una Dathomiri, pues mediante tu visibilidad se extenderá nuestra reputación.

Las cazadoras deben llevar capucha y ropas rojas, como el rastro de sangre que siguen, así como brazaletes negros para protegerlas de la picadura de su arma. Una cazadora blande un arco de energía con una cuerda de plasma y flechas del mismo material. El arco de energía puede disparar flechas de plasma siempre certeras a cualquier diana, y la cuerda del arco puede cegar o quemar, en caso de que necesites usarlo como porra. Es un arma a medida. Por lo tanto, es imprescindible que envíes a nuestro clan los nueve de cada diez créditos que ganes que marca la norma, para que así podamos seguir dándote el equipo que necesitas.

He pasado mucho tiempo en Dathomiri pero estas armas son exóticas y muy escasas.

—Luke

LA HABILIDAD DE UNA CAZADORA CON EL ARCO DE ENERGÍA AFECTA A LA REPUTACIÓN DE TODAS LAS HERMANAS DE LA NOCHE PARA BIEN O PARA MAL.

Su invisibilidad rivaliza con la de los asesinos de Defel. La Oficina Imperial de Seguridad ha recibido órdenes de alistar miembros de ambos grupos.

Las asesinas de las sombras son sicarios. Llevan un manto negro como la noche y armas silenciosas, como la daga y el dardo envenenado. Es un arte fundirse con la oscuridad. Los asesinos pueden servirse de la ayuda del icor de espíritu. Las chamanes como yo podemos conjurar una neblina que permita a nuestras asesinas de las sombras operar a medio camino entre el reino físico y el espiritual.

Nuestras guerreras llevan los brazaletes y la armadura de hombros de aquellos que han resistido el Crisol. Sus armas, como la pica, están bañadas con poderosa magia y pueden cortar cualquier sustancia.

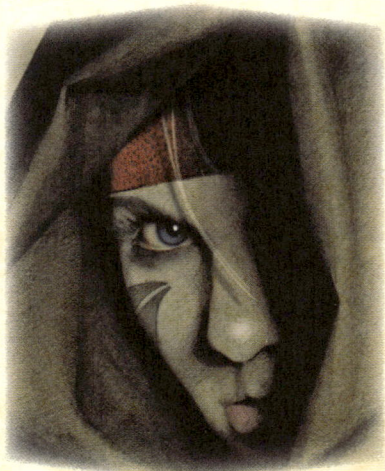

Yo también he hecho más poderosos a servidores sin importancia con el lado oscuto.

Con la magia del Dios Acolmillado se puede transformar a un guerrero en la encarnación de la ira primigenia. Esto requiere la habilidad de una chamán experta y un grupo de practicantes. Al conjurar icor de espíritu verde y canalizar odio en estado puro, las energías se transforman en poderoso músculo y hueso. Una guerrero transformada será enorme, una cabeza más alta, con la espalda ancha y los brazos capaces de romper un espinazo. Un orgulloso Zabrak de los Hermanos de la Noche se dejará crecer una corona de cuernos que rivalizarán con los de un verne buck en otoño.

UNA ASESINA DE LAS SOMBRAS HÁBIL PUEDE DESAPARECER.

LA VERDADERA FUERZA DE UN GUERRERO NO RESIDE EN SUS MÚSCULOS SINO EN SU RABIA.

Aunque el Crisol pone a prueba la habilidad de un candidato, no es el fin de su instrucción. Es un segundo comienzo. Los candidatos que llegan a este punto son diestros en combate, pero carecen del toque sutil necesario para canalizar las habilidades de los espíritus. La emoción es un poderoso catalizador que te conecta con tu esencia animal y, por extensión, con los espíritus ur que rigen nuestros impulsos naturales. Para reforzar estas capacidades, ordena a los candidatos que realicen una tarea que requiera la máxima concentración; luego distráelos con burlas y con la agonía de un látigo de espinas. No hay un camino más corto para llegar a la revelación de que no es la paz sino la pasión la que conduce a los logros.

Enseña bien a tus estudiantes. Allya predijo que algún día nacerá el ser perfecto, aquel cuya existencia se debe a los espíritus y que encarnará el equilibrio entre la Diosa Alada y el Dios Acolmillado. Quizá seas tú quien entrene a este campeón. Quizá seas tú.

Muchas culturas están obsesionadas con la profecía y la llegada de un futuro salvador. Si esperas que otros gobiernen, nunca gobernarás tú.

Quienes siguen el lado oscuro siempre cometen el error de creer que su poder es la prueba de que han encontrado el camino. Sí, el lado oscuro da poder, pero se trata de poder sin control ni dirección. Aquellos que lo empuñan carecen de la habilidad de hacerlo sabiamente. —LUCE

TRADICIONES RIVALES
DEL LADO OSCURO

Rechazamos el término «lado oscuro», aunque se emplea con frecuencia por la influencia cultural de los Jedi y los Sith. Quienes usan los poderes de lo sobrenatural (o como otros lo denominan, la Fuerza), para matar a petición de su patrón se consideran seguidores del lado oscuro. Está claro que sin regirnos por esta clasificación, debemos promocionarnos como tales.

Te encontrarás rodeado de muchos que no entienden nuestras tradiciones. Puede que te llamen Sith o cualquier otro nombre de otra tradición destacada. Aprovecha la oportunidad para hacer destacar a las Hermanas de la Noche en la mente de quienes ostentan el poder. Sólo si promocionamos nuestras habilidades únicas, podremos seguir exigiendo los honorarios más altos.

Los Profetas del Lado Oscuro son parecidos a los Sith en muchos aspectos. Su religión deriva de las enseñanzas de un lord Sith, Darth Millennial, pero los Profetas no son guerreros. Afirman poseer habilidades sin parangón para leer la buena ventura y algunos les dicen a sus clientes que les van a desvelar el desenlace de eventos galácticos aún por llegar. Dudo que los espíritus les susurren con claridad, y sólo una bruja al borde de la locura vería el más mínimo encanto en su religión. Sospecho que sus predicciones no son más que conchas vacías hechas a partir de profecías autocumplidas. Planta esta semilla de la duda si se presenta la oportunidad.

UN PROFETA DEL LADO OSCURO.

He conocido a estos cretinos solitarios y he escuchado sus profecías monótonas. Si que poseen el don de percibir el futuro, lo cual resultó muy útil a mis tropas en la batalla de Dromund Kaas, pero los propios Profetas admiten que han tenido que cazar a herejes e imitadores.

Gracias, madre Talzin, por el recordatorio. ¿Reclutarlos o matarlos? Mi nueva Mano Sombra debe organizar una expedición a este rincón de las Regiones Desconocidas.

De todos los rincones de la galaxia han surgido nuevas tradiciones que dicen pertenecer al lado oscuro. Los Exiliados de Kanzer son un grupo de reptiles de la falla de Valtaullu que juran lealtad a su lord Ravager. El Toque de Muspilli es un culto a la muerte erradicado entre las lunas-árbol del claro de Gunninga. No se sabe con certeza si son grupos de verdad o meros oportunistas. Sin embargo, sus aspiraciones al poder son muy específicas. Los Exiliados de Kanzer afirman tener el poder de esclavizar muchas mentes a la vez. Los Knell dicen tener la habilidad de convocar a deidades apocalípticas del reino más allá de las sombras. Si cualquiera de ambos grupos es incapaz de cumplir con sus afirmaciones, tendremos pruebas para tachar de impostores a sus miembros.

De entre los nuevos competidores, los más enigmáticos son las Hechiceras de Rhand. Afirman guardar parentesco con la oscuridad, que ven como la encarnación de la decadencia y la muerte. Se dice que una verdadera hechicera puede utilizar un rayo psíquico para erradicar cualquier objeto o ser vivo. Se cree que no operan fuera del Retiro Nihil, pero haz un esfuerzo por averiguar más sobre ellas si puedes.

UNA DE LAS DECADENTES HECHICERAS DE RHAND.

LORD SHADOWSPAWN ESTUDIÓ CON LAS HECHICERAS DE RHAND. ÉSTE PODRÍA HABER HECHO QUE SE COLAPSARA LA FRÁGIL NUEVA REPÚBLICA SI NO ME HUBIERA VISTO OBLIGADO A ENFRENTARME A ÉL EN MINDOR.

—LUKE

No es, ni por asomo, un logro tan impresionante como la bruja creía. La Orden Mecrosa sobrevivió a la Limpieza de las Nueve Casas, pero todos sus miembros Sith y quienes eran sensibles a la Fuerza fueron exterminados.

Otros grupos llevan siglos en este juego de mercenarios del lado oscuro, mucho más tiempo, con diferencia, que las Hermanas de la Noche. Éstos son nuestros principales competidores. Haz lo que tengas que hacer para que pierdan el favor de los poderosos del Núcleo y del Borde.

La influencia de las casas reales del sector Tapani es muy fuerte. Entre los nobles de la Casa Mecetti, los hay que afirman tener afinidad con los Sith, y algunos de sus ancestros iniciaron la Limpieza de las Nueve Casas, que no sólo desestabilizó un cuadrante entero de la galaxia sino que se tragó a otras tres casas nobles. Los agentes de la Casa Mecetti pertenecen a la Orden Mecrosa. Se especializan en el asesinato. Sé que nuestras habilidades son superiores, pues envié tres asesinas de las sombras al sistema Pella a probar su destreza. Dos de las nuestras regresaron, pero ninguno de los oponentes Mecrosa sobrevivió.

El conde Dooku tiene vínculos estrechos con la Casa Mecetti. Espero que se entere de esto.

Ventress

UN MIEMBRO DE LA ORDEN MECROSA.

La Guardia Negra opera desde el mundo fundido de Mustafar. Son en su mayoría eremitas y han buscado tradiciones Sith desde que emergieron de las ruinas de la filosofía Sith tras la batalla de Ruusan, hace casi mil años. La Guardia Negra se aferra al principio de que la adquisición de conocimientos es superior a ejercer poder físico, lo cual los convierte en un rival cauto y cuidadoso. Por ahora, están demasiado aislados para tenerlos en cuenta en nuestros planes.

Los Modeladores de Kro Var son pocos, pero profesan ser chamanes de una tradición similar a la nuestra. No dudo que hayan logrado atisbar el reino espiritual, pero no son nativos de Dathomir. No pueden haber escuchado la llamada de los espíritus con tanta claridad como nosotras. Los Modeladores de Kro Var utilizan la magia oscura para manipular los elementos: aire, tierra, agua y fuego. Hace poco que han sacado al mercado sus servicios en el sector Marzoon.

LA GUARDIA NEGRA AÚN NO ES UNA AMENAZA PARA LAS HERMANAS DE LA NOCHE.

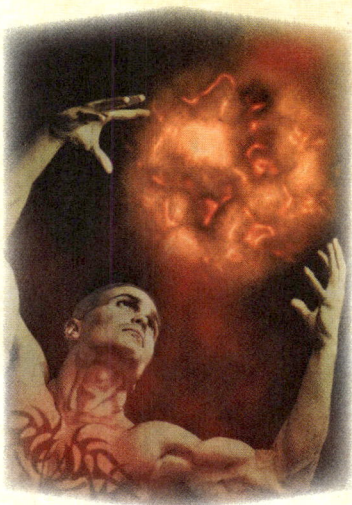

PUEDE QUE ESTÉN EQUIVOCADOS, PERO LOS MODELADORES DE KRO VAR OBTIENEN SUS PODERES DE LOS ESPÍRITUS.

Sólo las madres del clan pueden comerciar con los servicios de las Hermanas de la Noche. Sin embargo, no todas las Hermanas de la Noche tienen la misma experiencia. No repetiremos los errores de la chamán Yansu Grjak, que vendió con avidez los servicios de su clan a compradores separatistas y luego no pudo proteger a sus hermanas del contraataque Jedi.

Al ofrecer tus servicios, accedes a realizar cualquier misión en nombre de tu cliente, siempre y cuando esté dentro de los términos acordados por la madre del clan. Las Hermanas de la Noche no tolerarán el deshonor, sin importar quien proporcione los fondos. Quienes nos traten más de nuestra aptitud letal.

A veces, la madre Talzin muestra más preocupación por la reputación que por la voluntad de los espíritus.

— Ventress

LOS JEDI NO SON, NI HAN SIDO JAMÁS, MERCENARIOS. LA FUERZA ES UN DON QUE HA DE USARSE PARA PROTEGER A TODOS LOS SERES, SOBRE TODO A LOS QUE CARECEN DE PODER O INFLUENCIA. EL VENDER SERVICIOS RELACIONADOS CON LA FUERZA POR CRÉDITOS ES EGOÍSTA Y PERJUDICA A LOS MÁS NECESITADOS.

—LUKE

a ciencia de crear vida

¿Qué es la Fuerza? Los Jedi dicen que la crea la vida, pero yo digo que la Fuerza crea la vida. Es una deducción simple, una conclusión obvia cuando la confirma la experimentación estructurada. Piénsalo: las mentes científicas más brillantes de la galaxia desconocen en su mayoría la Fuerza, y los usuarios más experimentados en la Fuerza rechazan la ciencia. Estos últimos están atrapados en un romántico misticismo, convencidos de que han sido llamados por un poder superior. Los primeros no tienen excusa.

Así pues, seré el primero en seguir esta línea de investigación. Entender la Fuerza desde un punto de vista científico no es lo mismo que memorizar encantamientos. La ciencia busca comprender el principio detrás de una reacción, no sólo replicarla; especialmente cuando las fórmulas de las reacciones están infladas con siglos de ornamentación vacua.

Para estudiar la alquimia, uno debe despojarla de las rimas y de su perversa obsesión con los sacrificios de sangre. Para estudiar un talismán chamánico, uno debe mirar más allá de los conjuros de invocación. Cuando un talismán libera su poder, ¿cuál es el auténtico detonante? ¿Son las palabras? ¿El tono de voz del que las pronuncia? ¿Su estado anímico? Si el poder de un talismán reside en el interior de la gema, ¿qué pasará si raspamos un fragmento y luego otro? ¿Se disipa la energía cuando la gema ha perdido suficiente masa? ¿Es la proporción sistemática para gemas y talismanes similares?

Los antiguos Sith nunca se hicieron estas preguntas, pues la tradición y la obediencia extinguieron la chispa de su curiosidad. Estas preguntas son mucho más que especulación sin sentido. Mi ciencia eliminará todo lo que es superfluo. De este modo, será desvelada la auténtica naturaleza de los elementos fundamentales que los Jedi y los Sith esgrimen tan a la ligera.

El elemento que Darth Plagueis no podía medir es la voluntad de la Fuerza. Los Jedi escuchan su llamada, y creo que también los Sith. No creo que la Fuerza tuviera ganas de hablarle a Plagueis.

—LUKE

Así ha de ser, soy el primero. Lo cambiaré todo. Los Sith se regodeaban en el ritual incluso durante los siglos que pasamos bajo la Regla de Dos, jugando a los disfraces aterradores y posando para nuestros seguidores. Quemaré las telas de colores y estudiaré la estructura esquelética que revela la arquitectura de la realidad.

Mi meta es el secreto de la vida, esa vida que nos da consciencia, pues sin consciencia no somos nada. Mediante la ciencia crearé nueva vida y preservaré la mía. No hay razón para que Darth Plagueis no pueda vivir para siempre.

No comparto el entusiasmo de mi maestro por el proceso. A mí solo me importan los resultados.

Influir en los midiclorianos

La Fuerza está presente en todo el universo, no sólo en los seres vivos. Todo lo que existe y que se alimenta de varios aspectos de la energía a la que llamamos Fuerza se puede clasificar en tres categorías.

El aperión incluye y une toda la materia, dándole forma y cohesión. Las dimensiones del aperión incluyen la gravedad y el electromagnetismo, aunque el término lo incluye todo tanto en el espacio como en el tiempo. Muchas de las habilidades que se ven como pertenecientes a la Fuerza unificadora están vinculadas al aperión.

El ánima da vida, pero no pensamiento, a los animales, las plantas y demás seres vivos. Los midiclorianos son los responsables de inducir y sustentar el ánima en casi todas las especies. Muchas de las habilidades de la Fuerza viva están vinculadas al ánima.

La pneuma es la expresión del pensamiento consciente. Las mentes que piensan y son conscientes de sí mismas contribuyen a la pneuma colectiva, a la que acceden de forma natural las especies telepáticas, así como los diversos trucos mentales de los Jedi y los Sith.

Estas fuerzas fundamentales existirían incluso sin los midiclorianos. Sin embargo, los midiclorianos midiclorianosson los beneficiarios de una fuerte conexión fuera de lo normal con todas las formas físicas y psíquicas de energía. Dado que los midiclorianos habitan en las células vivas, el organismo anfitrión es capaz de hacer uso de esta conexión. Los midiclorianos son endosimbiontes. Mueren cuando el anfitrión muere, y ningún anfitrión puede vivir si se le eliminan por completo los midiclorianos.

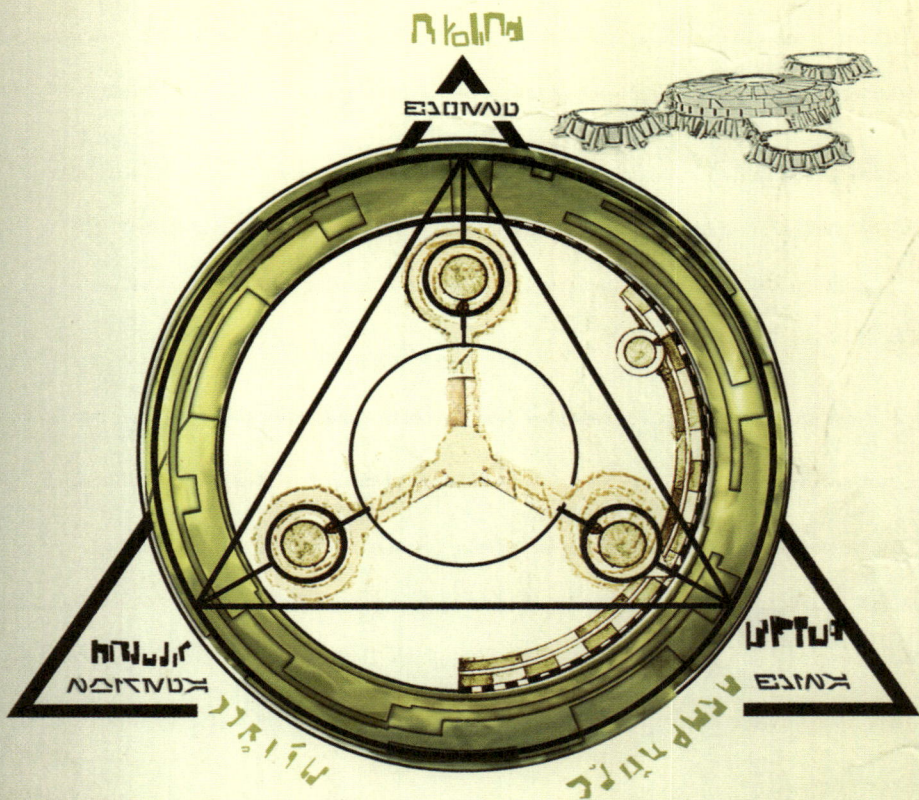

La biología visible de las células y sus midiclorianos es fruto de las interacciones invisibles del aperión, el ánima y la pneuma

ODO EL ENFOQUE SOBRE LOS MIDICLORIANOS ESTÁ EQUIVOCADO. SON UNA LECCIÓN NATURAL SOBRE SIMBIOSIS. CUANDO ESCUCHAMOS A LAS CRIATURAS MÁS DIMINUTAS, NOS HACEN RECEPTIVOS A LA INMENSIDAD DE LA FUERZA. SÓLO UN SITH QUERRÍA DESMANTELAR UNA RELACIÓN QUE BENEFICIA A AMBAS PARTES.

—LUKE

Todos los seres vivos, sean del planeta que sean, parecen poseer midiclorianos o estructuras biológicas complementarias. Se ignora el motivo que explica este isomorfismo, pero los resultados de mis experimentos en abiogénesis han modificado notablemente mi actual enfoque. Revierte considerable interés el hecho de que, mientras que muchos orgánulos celulares generan energía química, los midiclorianos generan energía de la Fuerza. También parecen poseer una única consciencia conectada por la pneuma y que puede verse influida por el estado anímico del huésped. En particular, las emociones negativas, como la pérdida de la esperanza, pueden inducir la necrosis celular.

La concentración habitual de midiclorianos en sangre es de alrededor de 2.500 midiclorianos por célula. Si se reduce a la mitad esta concentración, el resultado suele ser la muerte. He llegado a la conclusión de que la energía de la Fuerza es necesaria para la vida y que los midiclorianos son su vector biológico.

Los Jedi y los Sith poseen un alto recuento de midiclorianos al nacer. La reproducción a partir de dos progenitores sensibles a la Fuerza es una opción, ya que por lo general su acoplamiento resultará en una descendencia sensible a la Fuerza. Por otro lado, los defectos genéticos han sido motivo de preocupación desde la endogamia en la que cayó la familia real de Vjun durante su insaciable búsqueda de poderes extraordinarios. Una simple transfusión de sangre es la respuesta más obvia, pero he descubierto que los midiclorianos nativos del sujeto rechazarán el influjo de células extranjeras.

Los escritos de mi maestro delatan su mentalidad cerrada. En su obsesión por desentrañar los secretos de la vida demostró estar ciego a las amenazas inmediatas.

La vida eterna

La solución, por lo tanto, no es introducir nuevos midiclorianos, sino imponer la voluntad de uno mismo sobre los midiclorianos ya existentes en el sujeto. Esto se puede hacer a través de la energía de la pneuma. Igual que un guerrero en plena forma puede levantar un peso pesado, una persona con una gran capacidad de concentración y afinidad por la Fuerza puede lograr efectos considerables en células vivas.

Comencé mis experimentos con scurriers y otras criaturas pequeñas. Utilicé mi voluntad, amplificada por los midiclorianos de mi propio cuerpo, para acallar a la menor concentración de voces de midiclorianos presentes en los sujetos de estudio. Esto resultó ser más complicado de lo que había previsto. Como los midiclorianos están conectados por una mente universal, los de mis propias células parecían resistirse a esta imposición sobre sus congéneres. Al final lo conseguí, primero con criaturas pequeñas, luego con esclavos comprados a los Hutt. Obligué a los midiclorianos a ignorar sus ciclos vitales. Lo que descubrí es que estos midiclorianos no morían. En vez de eso, hacían uso de la energía te sustento de la Fuerza, que a nivel microscópico detenía la decadencia de los tejidos en el huésped, lo que ponía fin al envejecimiento y a la enfermedad.

En verdad, Plagueis fue el primero en influir en los midiclorianos para crear vida. Yo no entendía su trabajo, pero me complace poder aprovechar sus resultados. Mis científicos Shi'ido han criado algunos mutantes fascinantes.

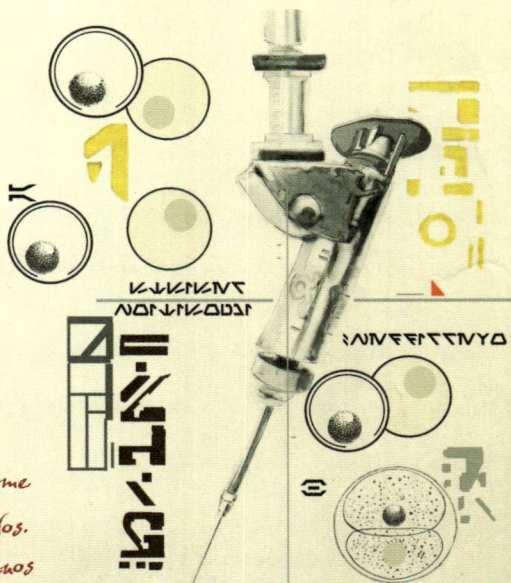

Guío las nanojeringas con punzadas microscópicas en la Fuerza.

133

Cómo concentrar la Fuerza

Mis experimentos demostraron que se podía controlar a los midiclorianos. Si esto es cierto, ¿no se les podría también inducir a crear vida a nivel unicelular? Los midiclorianos en las células de una madre podrían, en teoría, ser persuadidos para crear un cigoto.

Para mantener la consistencia en mis sujetos de estudio conseguí cientos de humanoides idénticos, todos con la misma concentración de midiclorianos. Tras mucha experimentación, logré persuadir a los midiclorianos para que se reprodujeran por fisión asexual, aunque en la mayoría de los casos este proceso aumentaba el número de midiclorianos de forma incontrolada y mataba al anfitrión.

Miles de sujetos fueron clasificados y descartados durante las pruebas biológicas. Una pena no haber podido usar más, pues los datos habrían sido más concluyentes.

Sin embargo, creo que usando este método puedo engañar a los midiclorianos para que creen un cigoto. Entonces sólo sería cuestión de criar al sujeto en condiciones biológicas normales. Por supuesto, ese sujeto tardaría años en alcanzar los puntos clave del desarrollo de un humanoide típico, pero podría tener un recuento de hasta 20.000 midiclorianos por célula. Es más del que hayan tenido ningún Jedi o Sith en toda la historia. Si bien es totalmente teórico, ese logro es fascinante.

Si se puede crear vida nueva donde antes no existía, los vivos podrían conservar sus cuerpos indefinidamente. La ciencia lleva a estas conclusiones, aunque hay que guardar estos secretos con el mayor cuidado. Por ahora, sólo es teoría.

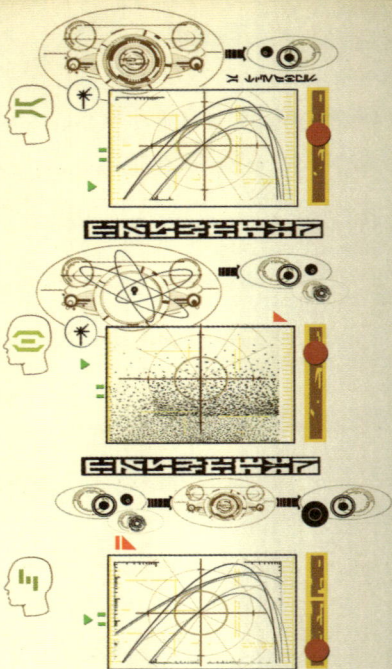

No puedo evitar sentir escalofríos al leer las notas de Plagueis, ya que sé que mi padre era famoso por su alto recuento de midiclorianos, que supuestamente era incluso más alto que el de Yoda. —Luke

La filosofía de la vida

Los secretos de la inmortalidad no son para los simples mortales. Si todos conocieran estas verdades, se desestabilizaría la estructura de la civilización. No deseo vivir en una galaxia en la que cualquier idiota puede perpetuar su ignorancia hasta la eternidad.

La vida no es mística. Igual que el gas Tibanna o los cristales nova, la vida es un recurso a explotar. Es única en cuanto a que aquellos que la poseen consideran que no tiene precio; aun así, en conjunto, es muy común que funcionalmente carezca de valor. Miles de millones de seres nacen cada día y otros miles de millones mueren. Deberíamos conservar tan sólo a aquellos que hagan progresar nuestras metas o aquellos cuyo trabajo complementa el nuestro. En mi Gran Plan, esta lista incluirá a aprendices, investigadores y ejecutivos corporativos que adoran los créditos.

Pero a todos los demás seres se les debe permitir morir. No dejaría los mandos de un aerodeslizador a un gundark, y no dejaré a las necias masas a cargo de asuntos de importancia. Al fin y al cabo están satisfechas con sus cortas vidas. No sabrían qué hacer con el don de la eternidad.

La inmortalidad establece una nueva táctica para el Gran Plan. Ya no necesito preparar la sucesión de la Orden Sith tras mi muerte. Los planes políticos y económicos puestos en marcha hoy tardarán décadas, puede que siglos, en dar frutos. Esas jugadas sutiles son ideales para el Gran Maestro, cuya paciencia es infinita.

DURANTE LA BATALLA DE MINDOR, ME ENFRENTÉ A LA REALIDAD DE QUE TODO EN ESTE UNIVERSO PERECE ALGÚN DÍA. NADIE QUIERE MORIR, PERO ESTA OBSESIÓN CON PROLONGAR LA VIDA ES EGOÍSTA. TODOS TENEMOS NUESTRO TIEMPO. NADA BUENO SALE DE INTENTAR ENGAÑARLO.

—LUKE

¡Qué lástima! El relato de Darth Plagueis el Sabio se convirtió en una tragedia. Por lo visto, prolongar la vida no era lo mismo que protegerse de las heridas. O de los accidentes.

Nuevas exploraciones en la Fuerza

Mi trabajo con los midiclorianos se basa en lo que tradicionalmente se ha considerado la Fuerza viva, o aquellas energías vinculadas al ánima y a la pneuma. La Fuerza unificadora, o aperión, no es específicamente necesaria para la creación y la manipulación de la vida, pero los midiclorianos la canalizan igualmente. Al mirar a la Fuerza bajo un nuevo prisma, he hallado aplicaciones para estos estados omnipresentes.

El aperión rige la cohesión de la materia, desde los átomos de un guijarro a todos los planetas y a la gravedad en el universo. Esto incluye la dimensión temporal. Con aperión se puede manipular el espacio-tiempo a gran escala; es decir, si un usuario canaliza suficiente energía a través de sus midiclorianos al tiempo que mantiene su concentración y precisión.

Creo que un individuo podría viajar al instante de un lugar a otro doblando el espacio, sin importar la distancia. De forma parecida, uno podría doblar el tiempo; no para desplazar un objeto físico de forma temporal, sino para mover la consciencia de uno mismo hacia delante y hacia atrás en el flujo del tiempo. Eso permitiría el estudio de todo el saber a lo largo de la historia, incluso de los secretos que guardaba la desaparecida biblioteca de Silversisi.

SI ESTAS HABILIDADES SON POSIBLES, ESTÁN MUY LEJOS DE LAS MÍAS. HE OÍDO QUE LOS MONJES AING-TII PODRÍAN TENER LA HABILIDAD DE DOBLAR EL ESPACIO.

—LUKE

El ánima rige la vida, y este estado permite que la sanación mediante la Fuerza sea posible.

Sin embargo, cortar la Fuerza, eso es muy raro. Cortar la Fuerza es desencadenar la muerte en cadena de los midiclorianos de la víctima; no basta para matar al huésped, pero es suficiente para privar a un Jedi de su poder. Es posible que los antiguos Jedi lo supieran, pero de ser así, no entendieron la base. El acto de cortar la Fuerza es lo contrario a lo que yo he hecho al inducir a los midiclorianos a crear vida. Es mucho más fácil de conseguir.

La pneuma rige la consciencia. A través de ella estoy convencido de que el patrón de energía que conocemos como consciencia individual se puede preservar e implantar de nuevo en los circuitos neurales de otro cerebro. Este proceso sería mucho más sencillo con un cuerpo clonado que fuera idéntico al del sujeto, aunque en teoría cualquier forma biológica avanzada serviría. Este tipo de intercambio corporal es más peligroso que simplemente prolongar la propia vida manipulando los midiclorianos. Sin embargo, en caso de emergencia podría servir como vía de escape contra la extinción.

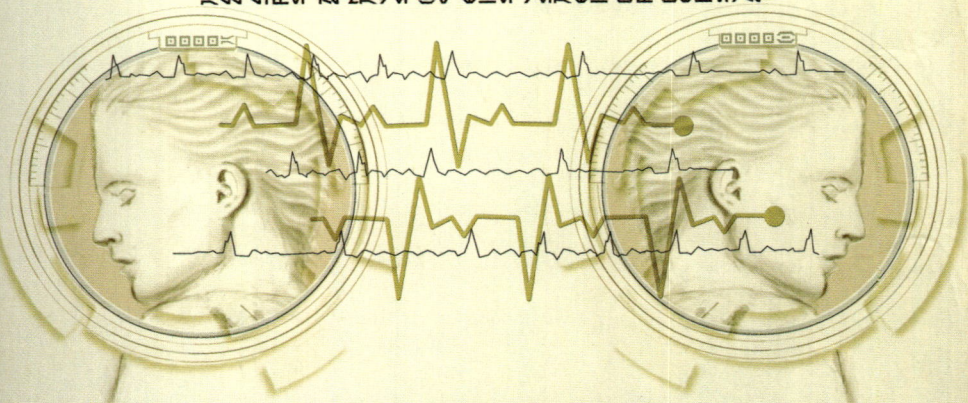

El cuerpo original y el clon huésped. La estructura cerebral idéntica facilita la transferencia de pensamiento.

Estoy muy satisfecho con que mi maestro iniciara esta obra de investigación porque es mucho más que una vía de escape. El lado oscuro destruye la carne. Creo que podré prolongar mi vida con sólo transferirla al cuerpo de un clon huésped.

Trascender la muerte

He estudiado el arte de la transferencia oscura, una técnica que más tarde perfeccionó el Jedi Ashka Bodan, al que torturé y maté. He ordenado la producción de clones inertes de mi cuerpo. Un día tendré un suministro inagotable de formas a estrenar y los medios para pasar de una a otra cuando su carne se debilite.

El acto de transferir la consciencia de un cuerpo a otro toca una cuestión que todavía me preocupa. Los patrones que definen cada mente se pueden almacenar en el campo de la pneuma, pero esos patrones se degradan casi al instante si no se anclan a una nueva forma biológica. La velocidad a la que se produce esta degradación es tal que abre el debate sobre la vida después de la muerte, aunque yo siempre he hecho caso de las pruebas...

Todos los seres tienen miedo de caer en el olvido. Todas las culturas tienen fábulas escritas para convencerse de la que muerte no es el fin. Incluso los Jedi. Creen que los midiclorianos les dotan de una conexión con las energías fundamentales del universo de la que otros carecen. Por lo tanto, me cuesta rechazar sus historias a la ligera.

Se dice que en la gran guerra Sith se vio a combatientes Jedi desvanecerse justo antes de morir, que las células de su cuerpo se sublimaron en energía. Hay que decir que aunque he visto morir a un Jedi, jamás he presenciado este fenómeno.

Se dice que algunos de estos Jedi regresaron como consciencias en estado puro y que comunicaban información específica y verificable a los vivos. Las historias de fantasmas son tan comunes que dan risa, pero la pneuma me lleva a pensar que tal cosa es posible.

HE VISTO A YODA, A BEN Y A MI PADRE REGRESAR DE LA MUERTE. LA FUERZA ES UN LUGAR ACOGEDOR, MUCHO MÁS GRANDE QUE TODOS LOS INTENTOS DE PLAGUEIS POR MEDIRLA Y MINIMIZARLA. —LUKE

El más allá y el caos

BEN HABLABA DEL MÁS ALLÁ, Y YO HE VISTO A SU ESPÍRITU REUNIRSE CON EL DE YODA Y EL DE MI PADRE. EN MI CORAZÓN, SÉ QUE HAN ENCONTRADO LA PAZ. —LUKE

Es un enigma cómo perduran los patrones mentales más allá de nuestra mente física. El pensamiento se degrada y se vuelve aleatorio en menos de un minuto. Mantener la consciencia por más tiempo y aparecerse a otros en el mundo físico a la par que se conservan las capacidades visuales y auditivas es un logro impresionante, si es que es posible. He leído que los custodios de los whills han perfeccionado este arte, pero los whills siguen siendo un rompecabezas frustrante para quienes desean aprender más sobre ellos.

Una cosa está clara: aunque técnicamente ese fenómeno encaja con la definición de vida después de la muerte, no es sobrenatural. Aquéllos sin imaginación siempre atribuyen sus propias motivaciones a fenómenos independientes, como aquellos que creen que la Fuerza tiene consciencia y voluntad. De hecho, aunque los midiclorianos comparten una mente colectiva, la Fuerza por sí misma no podría saber ni preocuparse por el bienestar de la vida inteligente. Mi objetivo, por lo tanto, es separar el conocimiento genuino de la hipérbole. No sé cómo los Jedi del pasado lograron el supuesto milagro de conservar su consciencia después de la muerte, pero sé que no fue gracias a la plegaria y la oración.

Sin embargo, el hecho de que identidades individuales sean absorbidas en la pneuma en el momento de su muerte explica muchas leyendas asociadas. Los Jedi, por ejemplo, hablan del más allá tras la muerte, un reino vago en detalles, pero del que se dice que es un lugar de paz infinita. De forma parecida, se cree que el Caos es donde los lores Sith muertos moran en eterno tormento. Al menos, según la leyenda, quienes fueron demasiado débiles para castigar a sus enemigos en vida serán forzados a aferrarse a sus rencillas y seguir vivos en Caos, siempre maquinando, pero sin poder llevar nunca a cabo su venganza.

¿La paz del más allá? Puede explicarse fácilmente como la reacción de una mente que se encuentra disipándose en el zumbido de la energía de fondo y acepta su destino sin miedo ni dolor. Las mentes que están menos dispuestas a aceptar la pérdida de su identidad lucharán para mantenerse en orden. Estas mentes más fuertes se echarán atrás al ver cómo se deshacen las hebras que las constituyen y percibirán su disolución inminente como Caos.

Espíritus Sith

La información más accesible sobre la vida después de la muerte está en los holocrones Sith. De hecho, se dice que los holocrones Sith contienen el espíritu de sus creadores y que esos espíritus interactúan con el usuario en calidad de guardianes holográficos. Pero todo esto es un truco de prestidigitación, una inteligencia artificial programable que lleva el rostro de un difunto lord.

Más interesantes son las historias Sith de fantasmas, que se dice que vagan por todas partes, desde las tumbas de Korriban a las reliquias que se guardan en el Gran Museo Galáctico de Coruscant. ¿Es posible que esos maestros del lado oscuro hayan conseguido conservar con éxito su consciencia? De ser así, ¿todavía se les podrá preguntar por sus secretos? Por desgracia, he estado en Korriban y no estoy convencido de que estos relatos sean verdad.

TODO AQUEL QUE NIEGUE LA EXISTENCIA DE LOS ESPÍRITUS SITH ES QUE NUNCA HA TENIDO QUE LUCHAR CONTRA UNO. HICIERON FALTA TODOS LOS JEDI DE MI ACADEMIA PARA DERROTAR AL ESPÍRITU DE EXAR KUN.

                                    —LUKE

Me pregunto si mi maestro conocía antigua leyenda Habl que habla de un reino llamado Caos, custodiado por un se de barreras impenetrables.

Si Caos existe, hace fal una mente fuerte y decidida a superarlas y volver a la vida Que los débiles disfru de su paz

Los espíritus de Korriban son muy reales. De hecho, en una ocasión estuvieron a punto de matarme. Pero estoy de acuerdo con mi maestro en esta observación: los lores Darth muertos se muestran evasivos a la hora de hablar y siempre son traicioneros.

La tumba de Hakagram Graush seguía silenciosa a mis preguntas, y en el trono en el que antaño se sentaba Sorzus Syn no había ningún espectro arrogante y burlón. Estaba decidido a concluir que los cuentos no eran más que un entretenimiento para los crédulos, pero al embarcar en mi nave en el valle de los Señores Oscuros, vi al fantasma del lord Sith Marka Ragnos. La aparición desafió mi legitimidad para llevar el título de Sith y acabó con mi plan de desmantelar las tradiciones de Korriban. Sin embargo, el fantasma de Ragnos no contestó a mis dudas ni a mis precisas preguntas. Rugió con los dientes apretados y desapareció en un remolino de humo. Es posible que todo el episodio no fuera más que fruto de mi imaginación.

La visión de Marka Ragnos no pudo probar su propia existencia.

Sin embargo, hay un encuentro con un espíritu por el que sí siento curiosidad. Me gustaría interrogar a mi maestro, Darth Tenebrous, para ver si él había previsto mi creciente poder y si sabía o no que le destruiría en Bal'demnic. Me pregunto qué pensará Tenebrous de todo lo que su aprendiz ha conseguido desde ese día.

La profecía del Elegido

Los Jedi expresan sus creencias en rituales y cuentos. El lenguaje llano parece escapar a los que han crecido firmemente envueltos en la tradición.

Los Jedi esperan la llegada de un salvador, un profetizado Elegido que destruirá a los Sith y devolverá el equilibrio a la Fuerza. Los Jedi cuentan cuentos de Mortis, un lugar de geografía imposible dentro de los ángulos de un gigantesco monolito.

Los tres seres todopoderosos de Mortis pueden adoptar formas extrañas y ejemplican el lado oscuro, el lado luminoso y el principio del equilibrio.

La leyenda de Mortis ha servido de inspiración a una gran cantidad de folclore.

¿Convincente? Es discutible, pero al menos es una buena forma de ilustrar una alegoría. El día coexiste con la noche, por ejemplo, y a la construcción siempre le sigue la ruina. Aun así, muchos Jedi se toman la leyenda de Mortis como si fuera una verdad en el sentido literal. Creen que el Elegido evitará que estos dioses y demonios destruyan el universo, que su campeón será un receptáculo de energía pura de la Fuerza.

Así que volvemos a los midiclorianos. Estos organismos permiten a los seres vivir y permiten una conexión con la Fuerza. Si se crían en cantidades suficientes, los midiclorianos pueden incluso concebir una nueva forma de vida y concederle más poder de lo que cualquier Jedi haya podido soñar, lo que genera una vergencia en la Fuerza.

Si yo indujera a los midiclorianos a crear a tal ser, mi obra encajaría en todas las descripciones del Elegido de los Jedi, pero sería un agente de mi voluntad. Qué apropiado que la equivocada dependencia de la superstición llevara a que una creación Sith fuera recibida por los Jedi como un salvador.

> *Esta profecía no se cumplirá nunca. Bajo mi reinado, los Sith estarán en el poder para siempre.*

PLAGUEIS COMETIÓ EL ERROR DE CREER QUE SI ALGO NO ES UNA VERDAD LITERAL, CARECE DE VALOR. NO CONOZCO BIEN LAS LEYENDAS JEDI, PERO EL EQUILIBRIO DE LA FUERZA ES UN TEMA QUE HAY QUE ESTUDIAR, NO IGNORAR.
—LUKE

La culminación del Sith'ari

Los Sith también tienen su propia religión. Desde los tiempos de los salvajes primitivos de Korriban, nuestra Orden se ha ido sobrecargando de rituales del mismo modo que una nave estelar acumula mynocks. Yo pondré fin a esto. Reemplazaré todas esas creencias con la verdad, la racionalidad y el poder de los dotados.

Sin embargo, la profecía del Sith'ari reviste cierto interés. Las profecías suelen expresar anhelos, pero como los midiclorianos poseen la habilidad de conectar con el aperión, cualquier tirón en el espacio-tiempo se puede interpretar como una visión del futuro. El hecho de que los Sith crearan su propio salvador era predecible, pero la profecía afirma que nacerá un ser libre de restricciones que destruirá a los Sith sólo para hacerlos más fuertes que antes. Estas frases parecen ser específicas para las acciones que estoy emprendiendo.

No profeso una obediencia ciega a los símbolos y al misticismo. Pondré fin a las tradiciones que han atado a los Sith a lo largo de su historia. He desvelado los secretos de la vida, lo cual me permitirá poner en marcha planes a largo plazo que garanticen el dominio Sith durante siglos. No soy una criatura supersticiosa, pero si la túnica del Sith'ari me va bien, no veo razón para no hacerme con ella.

> Plagueis no logró sus metas porque no se
> mantuvo fuerte. Estaba muy ciego para ser
> alguien que afirmaba ser tan perspicaz

Al leer estas palabras con casi veinte años de distancia, veo que debería haber actuado con mayor rapidez y haber acallado al Senado. Ese despreciable organismo se convirtió en un vertedero de mentecatos sedientos de aplausos.

PODER ABSOLUTO

DE DARTH SIDIOUS

Los escritos que he reunido en este volumen aparecen en su forma original. Muchos son fragmentos de lo que antaño fueron obras más largas, pero la conservación de lo que queda es menos importante que el reconocimiento de cómo me guiaron a mi nueva visión de la Orden Sith. Los siguientes tres libros, *La debilidad de los inferiores*, *El libro de la ira* y *La manipulación de la vida*, muestran cómo he logrado el poder absoluto y cómo lo mantendré a través de mi Imperio Galáctico, y cómo reformaré la galaxia en los siglos venideros.

Muy sencillo en la teoría, pero en la práctica me veo atado por la incompetencia de los demás. Confío en que mis comandantes sofocarán las disidencias, pero a menudo se tornan más fuertes. Si no hubiera vislumbrado mi triunfo eterno, quizá estaría preocupado.

LA DEBILIDAD DE LOS INFERIORES

La construcción del Imperio no ha hecho más que empezar, pero sus cimientos son la ira del lado oscuro. Aunque los lelos de mis súbditos no saben nada de la majestuosidad sombría, el verdadero poder del Imperio procede de su emperador. Las promesas que ofrecía la Regla de Dos se han cumplido. Los Sith se han llevado a la gloria y los Jedi, a la destrucción.

Como Darth Bane y la madre Talzin sabían, la debilidad de los inferiores resulta evidente. Los débiles no entienden la Fuerza. Son ignorantes y carecen de poder, pero aun así se les puede explotar en beneficio propio. No hay dirigente que pueda gestionar una entidad tan compleja como la galaxia habitada sin saber cómo manipular a los demás.

El miedo es la chispa que impulsó mi ascenso al poder. Incluso ahora alimenta el motor de mi Imperio. Se debe enseñar a los débiles a temer las consecuencias de la traición. Deben vivir con miedo a que la lealtad de sus vecinos sea mayor que la suya. Los de temperamento nervioso se apuntarán al nacionalismo histérico sin que haga falta insistirles más. El miedo se perpetúa solo. Los débiles viven con miedo de que se les juzgue por sus fracasos y de que se muestren a los demás; temen que se les castigue. Es una creencia que no hay que contradecir.

Palpatine estaba equivocado. Quienes viven con miedo están deseando librarse del yugo que les oprime. He visto imágenes tomadas después de que la NotiRed emitiera la noticia de la muerte del Emperador. El pueblo de Coruscant lo celebró con más entusiasmo y por más tiempo que nadie.

—LUKE

Intentar educar a esta chusma es para perder el juicio. El Imperio ya casi ha cumplido una generación, mis gobernadores imperiales deberían ser al menos capaces de entender el principio de la ley del miedo. Tendría más probabilidades de éxito intentando enseñar Aurebesh a un Gungan.

CORUSCANT BAJO MI DOMINIO. DARTH BANE TUVO UNA VISIÓN, PERO YO LA VERÉ HECHA REALIDAD.

La guerra falsa

El miedo era un elemento necesario para destruir a los Jedi y carbonizar los vestigios putrefactos de la República. Pero primero tuve que crear ese miedo: el temor a la revolución, a la destrucción y a la muerte. Tuve que crear una guerra a gran escala.

Mi aprendiz, el conde Dooku, unió sistemas estelares bajo su estandarte, inflamó pasiones entre los ciudadanos del Borde. Esto lógicamente agudizó los miedos de los residentes del Núcleo, que clamaron pidiendo protección como crías llamando a su madre. El ejército clon que yo había preparado fue recibido con aplausos y alivio. Y así comenzaron las guerras Clon.

No importó lo más mínimo que yo dictara las órdenes a los separatistas a través de mi aprendiz. Tampoco que a cada victoria

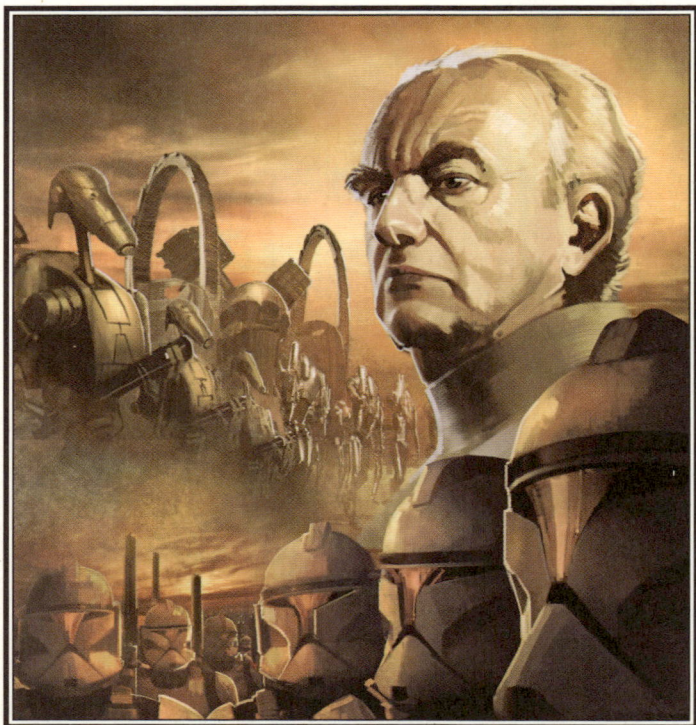

Los separatistas y los soldados de la República estaban, sin saberlo, en un tablero de Dejarik. Yo controlaba el conflicto y su desenlace.

de la República le siguiera una derrota planificada con sumo cuidado. Los beneficios de la falsa guerra fueron innumerables. El ejército clon vino con una flota de guerra y un arsenal de nuevas armas bélicas mecanizadas. De un día para otro, la República tenía una clase formada por militares de élite que juraron lealtad al canciller supremo. Los senadores temían que ser tachados de desleales haría imposible que salieran elegidos, así que siguieron apoyando las medidas para eliminar todas las barreras al poder centralizado. En el lado opuesto, la Federación de Comercio, el Gremio de Comerciantes y otros conglomerados corporativos se unieron para proteger sus intereses. Sin saberlo, juraron lealtad a los Sith.

Los Jedi no querían la guerra, pero no tenían muchas opciones. Tenían que unirse a la lucha o hacer frente al escarnio público. Allí, en el frente, mi guerra acabó con mis enemigos y les destrozó la moral hasta que estuvieron en el umbral del lado oscuro. Los Jedi nunca fueron los verdaderos héroes. Me encargué de eso

manipulando la HoloRed. Se hizo que la gente temiera la arrogancia de los Jedi y su extraño poder. Al manipular las noticias, los soldados clon y su noble canciller se convirtieron en los audaces héroes de la República.

Cuando llegó el momento de acabar con los Jedi, el público no lloró por ellos. Cuando el Senado se enteró de que los Jedi habían intentado un golpe de Estado y que era necesario exterminarlos, respondieron con una certeza absoluta. Y cuando el pueblo vio salir humo del templo Jedi, se sintió aliviado.

Aunque lo estoy leyendo de puño y letra de Palpatine, no puedo creer esta verdad. Según todos los archivos históricos que he visto, las facciones que lucharon en las guerras clon no tenían ni idea de este plan maestro.
—LUKE

LOS ÚTILES BURÓCRATAS

Mi maestro, Darth Plagueis, acabó obsesionado con los midiclorianos y dejó de lado su mayor talento: la capacidad de manipular los hilos que evitaban que la galaxia degenerara en anarquía. Como miembro clave del Clan Bancario Intergaláctico, estaba muy familiarizado con los líderes del mundo de los negocios y con los políticos que moldeaban la galaxia. A pesar de todo su poder, ni uno solo de ellos era conocido para el ciudadano de a pie.

El control de este comité directivo invisible es vital para gobernar el Imperio, pues sus fortunas están unidas al éxito del régimen. Las entidades corporativas, el Senado, la HoloRed y los militares están todos bajo mi control. La pérdida de cualquiera de ellos mermaría mi autoridad central.

Por supuesto, existen miembros de este vital comité a los que no he citado. No se podría conseguir nada sin el apoyo tácito de los señores del crimen menor. Los principales son los carteles Hutt, las redes de espías Bothan, el sindicato del crimen Sol Negro y el Gremio de los Cazarrecompensas. No hay grandes diferencias entre estos grupos y los banqueros y comerciantes. Estarán contentos mientras sigan obteniendo buenos beneficios. Pero hay que cultivar el miedo de vez en cuando. Hay que recordarles que hacer negocios con los rebeldes y los insurgentes lleva al castigo y a la ruina económica.

Las familias militares del Núcleo son influyentes en sus sectores y hace mucho que ansían una mano firme en las altas esferas. Aunque las guerras Clon han terminado, no he oído a nadie decir ni una palabra a favor de desmantelar nuestros ejércitos. Fortificaré el Imperio Galáctico y mi autoridad, con la mayor fuerza que la galaxia haya visto jamás.

Los cazas TIE gritarán en los cielos, mientras los soldados imperiales y los AT-TE blindados rodearán a los disidentes en cualquier planeta que se resista a someterse a mí. Los destructores imperiales orbitarán sobre

Parece ser que fue el afán por el dinero es más fuerte que el miedo a la muerte. Esos pocos de estos traidores han llegado a acuerdos para vender armas a los rebeldes. Cuando elimino a un ejecutivo, el sucesor se siente mucho menos inclinado a cometer el mismo error.

En los años que han pasado desde que puse por escrito mis pensamientos he llegado a despreciar aún más a los Cazarrecompensas. Boba Fett y Juinas son, como él pueden ser impredecibles hasta la exasperación, pero tanto el conde Dooku y Darth Vader han sabido hacer un uso inteligente de estos bandidos.

los núcleos de población, esperando la orden de abrir fuego si los líderes se niegan a ver los beneficios de convertirse en una posesión del Imperio.

lucha en la galaxia. Cuando esté terminada, la Estrella de la Muerte pondrá fin a las insignificantes amenazas de rebeliones y protestas organizadas.

Por último, mi Estrella de la Muerte será la estación de batalla definitiva y la personificación del miedo. Esta arma hará añicos planetas y extinguirá toda voluntad de

El diseñador ha sido torturado y los arquitectos, ejecutados. Tarkin ha tenido suerte de haber muerto con los demás comandantes en la explosión de la Estrella de la Muerte. Era demasiado ambicioso y tenía los días contados.

Tal vez fuera yo quien disparó, pero la mismísima Fuerza quería purgar la galaxia de la Estrella de la Muerte. Era la encarnación de todo lo que está mal en el lado oscuro.

—LUKE

CON LA HOLORED, LOS SINDICATOS Y LAS CORPORACIONES COMIENDO DE MI MANO PUEDO DICTAR CUALQUIER VERDAD QUE ME PLAZCA. AQUELLOS QUE AÚN SE RESISTEN SE RENDIRÁN CUANDO SE LAS VEAN CON MI PODER MILITAR.

Esconderse a plena vista

La galaxia está libre de Jedi y los ciudadanos lo celebran con alegría. Así pues, sería de tontos sustituir su régimen por un sistema idéntico liderado por los Sith, al menos de cara al público.

Los débiles no entienden la Fuerza. Veneran a quienes parecen tan vulgares y corrientes como ellos. Vitorearon la noticia de que un anciano había sobrevivido a un intento de asesinato Jedi. En Palpatine, un senador corriente de Naboo, ven un modelo de éxito humano.

Mi aprendiz y otros agentes de mi voluntad son encarnaciones asustadizas del lado oscuro. Bastan los rumores sobre su presencia para asustar a los ciudadanos y hacerles guardar obediencia. Pero esos mismos ciudadanos no deben saber que un lord Sith ha construido el Imperio Galáctico hasta que sea demasiado tarde.

LAS MENTES DÉBILES VEN LO QUE DESEAN VER. SON CÓMPLICES DE SU PROPIO ENGAÑO.

Pero esa verdad oculta no empequeñece mi triunfo. Hace mucho que los Sith operan en las sombras, y la espera milenaria de Darth Bane ha terminado. Los Sith han cumplido su venganza. La galaxia alaba el Imperio, y las mentes débiles no son dignas de entender sus verdaderos orígenes.

Al igual que Darth Bane y mi maestro antes que yo, he afinado los instrumentos del engaño. Darth Bane siempre fue discreto, pero fue Darth Plagueis quien, al ser la cara pública del Clan Bancario Intergaláctico, dio forma a las economías de regiones enteras.

Lo cierto es que todos llevamos una máscara. Cuando hablamos con los demás, un yo falso puede encandilar, seducir o aterrorizar. Un Sith sabe que todas las interacciones están enmascaradas. No es muy difícil ponerse distintas máscaras cuando la situación lo requiere.

Todos los seres quieren entender la realidad, pero ninguno quiere tener que pensar demasiado. Se sienten atraídos hacia las palabras que confirman las sospechas que ya tienen.

En mis décadas como embajador, senador y canciller supremo, jamás encontré una excepción a esta regla. Se cumplía tanto cuando le recordaba al Senado la necesidad de poderes de guerra como cuando me sentaba frente al maestro Yoda y le convencía de que enviara más caballeros Jedi a enfrentarse al peligro. Ninguno sospechó de mi doble identidad. De hecho, tan convencidos estaban los Jedi de su percepción superior que fueron los más fáciles de engañar.

Que los Sith fueran capaces de semejante engaño en la época en que los Jedi eran más poderosos... Digamos que mantengo los ojos bien abiertos por si acaso. —LUKE

La maquinaria propagandista de Palpatine funcionaba tan bien que muchos de los nacidos en los tiempos oscuros creían que los Jedi eran un mito. —LUKE

EL LIBRO DE LA IRA

En torno a los principios de la ira estructuraré y sustentaré mi Imperio. Los escritos de Darth Malgus confirman que la ira, combinada con la voluntad, es la clave del poder. Cuando la ira se intensifica hasta convertirse en rabia, es imparable. Malgus se entregó por completo al lado oscuro, y hacerlo lo convirtió en un guerrero ejemplar. Nadie ha conseguido igualar sus gestas en el campo de batalla.

Hay que entender que la ira se puede canalizar por el cuerpo y ser liberada cerca del corazón, en la «puerta vital». La destrucción que puede desatarse con este método es inmensa. Miles de enemigos pueden ser aniquilados con un simple acto de maldad.

Con el tiempo, la ira canalizada del lado oscuro demostrará ser tan destructiva como la Estrella de la Muerte. No habrá más necesidad de construcciones caras. Ya he perfeccionado la vorágine de Fuerza, que crea una esfera invulnerable de energía que detiene los ataques del enemigo al tiempo que lo bombardea con escombros y lo electrocuta con rayos de energía.

Esta técnica se puede intensificar hasta crear una tormenta de Fuerza. La masa de energía en movimiento de la tormenta

MALGUS CONTROLÓ E HIZO USO DE LA VORÁGINE DE FUERZA PARA ANIQUILAR A QUIENES NO ESTABAN PREPARADOS.

de Fuerza puede consumir todo lo que toca, porque el vórtice es odio puro. Igual que un agujero negro devora una estrella, esta tormenta puede tragarse ejércitos enteros y doblar el espacio. Dominar este arte puede llevar décadas, pero una vez lo haya perfeccionado, seré invencible.

La ira es más útil que la fuerza personal. Un gobernante fuerte sabe que el miedo puede mantener a raya a la gente corriente, pero la ira puede debilitar a los enemigos.

Ciertamente, mis súbditos me temen, pero ese miedo conducirá a la ira y ésta fortalecerá mi Imperio. No obstante, la ira dirigida a una autoridad es peligrosa. Debe canalizarse hacia otros sujetos más débiles. Si se fomenta el miedo a lo raro y lo inusual, se puede fortalecer un régimen. El Imperio tiene una ideología y unos símbolos uniformes, lo que hace que resulte muy fácil señalar con el dedo a los foráneos y convertirlos en el blanco del odio de la galaxia.

Las especies alienígenas de la República son los blancos más fáciles. Casi todos los humanos del Núcleo odian tener que mirar sus múltiples ojos o escuchar sus lenguas guturales y llenas de extraños sonidos. Aborrecen sus costumbres desconcertantes y su olor punzante. Coruscant es un hervidero de especies, pero los humanos son mayoría. Es el lugar ideal para sembrar las semillas de la sospecha: para implantar la idea de que aquellos que no se adaptan son el enemigo y de que al enemigo hay que destruirlo. Al convertir en objetivos a quienes carecen de poder y están indefensos, el pueblo no amenazará al que ocupa el poder. Por el contrario, venerarán al gobernante como a un héroe por dejar al descubierto a los débiles.

Igual que Darth Bane instituyó la Regla de Dos, yo promulgaré la Regla de Uno. Ahora sólo uno sostendrá a los Sith: uno ostentará el poder y los demás, con un don para la Fuerza, ejecutarán mi voluntad como agentes del lado oscuro.

A pesar de que la Orden Jedi ha sido destruida por completo, han sobrevivido muchos de aquellos que son sensibles a la Fuerza. Quienes todavía creen que la virtud está en «la paz» (o en cerrarse en banda a las sensaciones) tendrán que adaptarse. Deben encontrar valor en los caminos de la oscuridad.

Es fundamental desatar la ira de los Jedi para atraerlos hacia mí y para que comprendan el lado oscuro. Cuando están enfadados, es cuando son más fuertes los que se sirven de la Fuerza. Una vez se conecta con ella, esta emoción puede transformar a los idealistas en esclavos. Incluso aquellos que poseen las pasiones más ardientes, aquellos que juraron resistir con su último aliento, pueden convertirse con tres sencillos pasos.

Primero, hay que tentarles. Los fuertes de voluntad siempre desean algo, o temen perder algo que ya poseen. Sentirán que su necesidad de protegerlo es noble. Fomenta esta falsa impresión y habrás creado un títere.

Segundo, hay que poner a prueba a los títeres. Si se crea una amenaza inmediata o se pone a los sujetos en peligro, se verán obligados a tomar una decisión. Enloquecidos por el miedo y por la simple idea de perder lo que más quieren, harán todo lo que les pidas, cualquier cosa, aunque sólo sea para conservar sus más preciados deseos.

Tercero, hay que obligarles a someterse. Llegará el momento en que vayan demasiado lejos. A causa del miedo o del pánico harán daño a otros o cometerán un crimen de tal forma que el mundo exterior no los perdonará nunca. Pasado ese momento, no hay forma de volver del lado oscuro. Algunos de los que han quedado atrapados elegirán quitarse la vida. Sin embargo, la mayoría aceptará su papel como nuevos guerreros del lado oscuro. Una vida ha terminado y una vida mejor ha comenzado.

En cuanto promulgue la nueva Regla de Uno, seré libre para poder reclutar a una multitud de seguidores del lado oscuro. Adiestraré a estos imitadores con

MI PADRE ROMPIÓ ESTE CICLO CON SU ÚLTIMO ACTO: LA REDENCIÓN. AL DESTRUIR A PALPATINE, DEVOLVIÓ EL EQUILIBRIO A LA FUERZA.

—LUKE

talento para que aprendan a replicar una mínima parte de mis habilidades sin hacerse siquiera con una mínima fracción de mi poder.

La Inquisición es una rama de los Servicios de Inteligencia Imperiales encargada de sacar información por medio de la tortura. Los más efectivos prestan servicio como grandes inquisidores, entre los cuales se elegirá a los mejores para convertirse en Manos del Emperador. Estos agentes de élite son escogidos uno a uno por su lealtad y su sigilo. Serán los ejecutores invisibles y silenciosos por toda la extensión de mis vastos dominios.

La Guardia Real, de manto rojo, me protegerá de aquellos que se crean dignos de una audiencia con el emperador. Entre sus filas hay unos pocos en contacto con la Fuerza, los cuales formarán una unidad de guerreros extraordinaria, la llamada Guardia Sombra.

Los padawans capturados y los supervivientes de los Cuerpos de Servicio Jedi no son tan dotados para la Fuerza, pero me servirán igualmente como Adeptos del Lado Oscuro. Hasta que les encuentre utilidad, permanecerán en Byss, donde su conexión con la Fuerza intensificará el creciente nexo de potencia del lado oscuro del planeta.

SE ME ENCOGE EL CORAZÓN AL PENSAR EN LOS USUARIOS DE LA FUERZA QUE VIVIERON EN LA ÉPOCA OSCURA DE PALPATINE. DESVELAR SU DON SIGNIFICABA TENER QUE SERVIR A UN MONSTRUO. POR SUERTE, ALGUNOS, COMO MARA, ENCONTRARON UN NUEVO CAMINO.

—LUKE

MIS MANOS DEL EMPERADOR SON MIS PRINCIPALES AGENTES, SEGUIDOS POR LA GUARDIA SOMBRA Y LOS INQUISIDORES.

LA MANIPULACIÓN DE LA VIDA

El futuro de mi Imperio se encuentra en los misterios de la vida: en cómo aferrarme a ella para que mi reinado no acabe nunca y en cómo tergiversarla para crear colosos que hagan mi voluntad. Ni siquiera la naturaleza puede ponerse en mi camino.

Domino las artes oscuras del engaño, el miedo y la ira, pero en la Ciencia de la Oscuridad, la que representan los escritos de Sorzus Syn y de Darth Plagueis, queda mucho por explorar. Lo más curioso es que las filosofías de ambos autores no podían ser más opuestas.

Ambos lores Sith entendían que los seres vivos no eran especiales. Eran un recurso al que los fuertes en el lado oscuro reunían y daban forma. Con el lado oscuro puedo crear muchas formas nuevas.

La alquimia desarrollada por Syn se está perfeccionando en Byss, donde mis Adeptos del Lado Oscuro unen sus potentes habilidades a gran escala. Mis monstruosas crisálidas, con sus magníficos colmillos afilados como cuchillos, guardan los baluartes de mi ciudadela. Mis centinelas imperiales mudos, con sus mentes anuladas y sus voluntades esclavizadas son una prueba contundente de que el lado oscuro puede manipular clones para cualquier propósito imaginable. Aunque la alquimia permite crear seres perfectos, he diseñado debilidades en todas estas creaciones. Los defectos son inapreciables y sólo yo sé de su existencia. A ninguna criatura le hace bien ser más fuerte que su creador.

Estos experimentos conducirán a cosas importantes; nuevas oportunidades para mí de crear nuevos seres a mi antojo. ¿Qué me separará entonces de los dioses míticos de Naboo?

La filosofía de la creación de monstruos también puede aplicarse a los elementos más fundamentales de la vida. Darth Plagueis se centró demasiado en los midiclorianos, pero tenía razón en muchas otras cosas. El lado oscuro consume el cuerpo físico, igual que el mío se deformó tras el intento de asesinato por parte de los Jedi; aunque la mente se puede conservar. Por medio del arte de la transferencia oscura, muy pronto me trasladaré

La instauración de mi Imperio, una idea tan perfecta, ha resultado a veces frustrante por la pereza y la estupidez de mis subordinados. Incluso Vader, mi obra maestra menor, es a menudo débil e indeciso. Menos mal que tengo una eternidad para sobrevivir a sus errores.

EL IMPERIO GALÁCTICO ES MI CREACIÓN. GENERACIONES ENTERAS VIVIRÁN Y MORIRÁN BAJO MI HEGEMONÍA.

a un cuerpo más joven clonado a partir de mis propias células.

Lograré la inmortalidad. Aunque me maten, volveré del caos de la no existencia a una vida física restaurada. Es algo que ni siquiera mi maestro pudo lograr. Lo supe cuando detuve su respiración y observé cómo se apagaba la luz en sus ojos. Él buscó el secreto de la vida, el vivir para siempre, pero yo le quité la vida. Sigo siendo el Sith más perfecto y poderoso.

A lo largo de los tiempos, los Sith han vaticinado un ser que destruiría su Orden y la reconstruiría aún más fuerte que antes. Me dan igual las profecías

antiguas. La aprobación de los muertos no significa nada. Sin embargo, está claro que el Sith'ari no puede ser nadie más que yo.

La Era Imperial ha comenzado. Dispongo de siglos para exponer mis filosofías, aunque todo el saber del lado oscuro mana de los escritos que aquí se recogen. Que estas páginas marquen el comienzo del primer *Libro de los Sith*.

A ningún Sith le ha importado de verdad otro ser. Entiendo que el atractivo del poder individual sea seductor, pero seguir a los Sith es abandonar a los demás. Es la muerte de la esperanza. A veces me pregunto cómo es posible que tengan seguidores. —LUKE

159

Título original: *Book of Sith: Secrets from the Dark Side*

© & TM 2016 Lucasfilm Ltd.

Primera edición: octubre de 2012
Tercera impresión: octubre de 2016

© de la traducción, María y Rafa Ferrer, Traducciones imposibles, 2012

Editorial Planeta, S. A.
Diagonal 662-664, 08034, Barcelona (España)
Timun Mas, sello editorial de Editorial Planeta, S. A.
www.timunmas.com
www.planetadelibros.com

Published by arrangement with becker&mayer! LLC, Bellevue, WA
www.beckermayer.com

Primera edición
Editado por Delia Greve
Diseño de Rosanna Brockley
Coordinador de producción: Jennifer Marx
Desarrollo del lenguaje Sith: Ben Grossblat

Lucasfilm Ltd.
Editor ejecutivo: J. W. Rinzler
Director de arte: Troy Alders
Guardián del Holocrón: Leland Chee
Director de la publicación: Carol Roeder

Text and annotations written by Daniel Wallace
Illustrations by: Paul Allan Ballard: pp. 131-142; Jeff Carlisle: pp. 50-64 y Mapa de la batalla de Coruscant; Chris Reiff: pp. 79, 81, 85, 88 y 89; Chris Trevas: pp. 67-77; Russell Walks: pp. 99-127; Terryl Whitlatch: pp. 36-39; y Aristia/Hive Studios: pp. 11-34, 40-43, 80, 82, 84, 86, 91-96, 145-159, y el póster.

ISBN: 978-84-480-0633-4
Preimpresión: Abogal, SCP.
Depósito legal: B. 17.750-2012